大東亜戦争と高村光太郎

―誰も書かなかった日本近代史―

岡田年正

表題について

「大東亜戦争」は、日本とアメリカ合衆国・イギリス・オランダ・ソビエト連邦・中華民国等連合国との間に発生した戦争に対する総合的な呼称である。一九四一年（昭和一六年）十二月に東條内閣において「大東亜戦争」という名称が閣議決定され、日本は敗戦に至るまで当時自国が行なっていた戦争に対し、この呼称を使った。

しかし、敗戦後、GHQによって「大東亜戦争」の使用が禁止され、代わりに「太平洋戦争」という呼称を用いるよう規制された。もちろん、現在、どの呼称を用いるかということについての法的強制力は持っていない。

しかしながら、敗戦後、学校で教育を受けた世代が「太平洋戦争」という呼称を用いれば分かるが「大東亜戦争」という呼称を使えばいつのことか分からないという実態は、未だに占領政策の呪縛から、日本が目覚めていないことを意味していると思われるのである。「太平洋戦争」（the Pacific War）の呼称は太平洋での覇権争いという連合国特に合衆国側の戦争理念を表したものである。「大東亜戦争」には、「東亜解放」の理念が前面に出ているし、「大東亜共栄圏」と言う時、自ずから「運命を共にし、共に栄える大きな東亜圏」という意味となる。

高村光太郎は、一詩人、一彫刻家という立場で、東亜解放を目指す祖国の聖戦を信じ、自分と国民を鼓舞したのである。したがって、この書の表題は、『大東亜戦争と高村光太郎』であり、『太平洋戦争と高村光太郎』ではない。

ただ、満州事変以来敗戦に至るまでの戦争として「十五年戦争」という呼称もあるように、その大東亜戦争自体の概念を広く捉えるならば、真珠湾攻撃から敗戦に至るまでの戦争を意味するだけでなく、日中戦争も含めるべきだと考えていいであろう。さらに、林房雄の「百年戦争」論が存在するように、「東亜解放」という理念で考えるならば、さらに長いスパンで大東亜戦争を捉えることが必要であろう。

この書では、大東亜戦争に対し明治生まれの一人の詩人がどのように関わっていったかを、いろいろな視点から広く捉えることにした。その意味で、真珠湾攻撃からの戦争を太平洋戦争と呼ぶことも完全に否定するものではない。

（平成二五年一二月記す）

はじめに

「よき詩人との出会いは、人生をより豊かなものにしてくれる」

誰か著名な人物の言葉に、そのようなものがあったような気もするが、高村光太郎は私だけでなく多くの人々にとってそういう詩人であったし、今後もそういう詩人であり続けるであろう。光太郎の命日である四月二日には、日比谷公園の松本楼に、高村家の人々や彼のゆかりの人々、研究者などが集まって、彼を偲ぶ連翹忌《れんぎょうき》が催される。私も何度か出席したが、こういう場があるのはいいものである。

そういう場でなくとも、初めて出会った人に、

「私は高村光太郎の研究をしているんです」

と自己紹介すると、

「それは、いいですね。私も高村光太郎は好きなんです」
と私と同世代かそれ以上の世代の人々の多くが、笑顔で言葉を返してくれる。その時、やはり、温かい心の交流が出来た気がして嬉しくなる。

ただ、高村光太郎が戦時中に多くの愛国詩・戦争詩を書いていることを、ほとんどの人は知らずに、光太郎の詩を好きだと言っている。だから、そういう詩があることを話し、私がそれらの詩について研究していることを話すと相手は驚いて、それ以上話が進まなくなったりする。『道程』や『智恵子抄』で彼を知る人にとって、意外なことなのであろう。

また、光太郎自身も、戦後に、そういう詩を多く書いたことを自分の不明であったと認め、そして激しく悔悟した。だから、自己の非を認める真摯な光太郎のその姿に共鳴する人々もいる。

ただ、歴史的事象は、その時代ごとに、様々に解釈されるものである。一旦、善とされたことも悪となり、悪とされたことも時代の移り変わりとともに善となる。それが良いか悪いかは抜きにして、歴史というのは、ほとんどの場合、現代の常識が基準になって解釈されるものである。

この書は、私の基準によって書かれた高村光太郎論であると言っていいかも知れない。それが、独断的なのか、幾分なりとも普遍的な見解なのかは、読んで頂いてから判断してもらいたい。

そして大東亜戦争とは、日本人にとって、そしてそれに関わった多くの国の人々にとってどういう意味があったのか、今一度考える一助にして頂けたらと願うところである。

凡例

一、この書籍は、著者の修士論文『高村光太郎における少女』と高村光太郎研究会の研究冊子『高村光太郎研究』に発表した論文を元にして、その一部を加筆修正したものである。

一、高村光太郎の詩及びその他の関連資料については、基本的に昭和五十一年刊の旧『高村光太郎全集』全一八巻（筑摩書房）、昭和四七～五二年刊の『高村光太郎資料』全六集（文治堂書店）、昭和四二年刊の『高村光太郎全詩稿』（二玄社）を使用した。文中高村光太郎の詩集『をぢさんの詩』に掲載された詩は、原典のルビの有無をはっきりさせるため、基本的にその詩集に従った。高村光太郎の文学作品を含めた彼の文については出典を逐一明記しなかった。

一、見た時の煩瑣さを避けるため、引用については、書名と引用の章や節や頁を最低限記すようにした。そのため、同じ著者の同じ書名でも出版社によって、記した頁と異なることがある可能性も否定できない。そのため、引用した書籍について詳しく知りたい場合は、末尾に載せた「主要参考文献」の一覧を見てもらいたい。それにより、引用した書籍の出版社、発行年も定かになるであろう。

一、引用文中、旧仮名遣いで書かれたものはそのままとし、旧漢字は原則として新漢字に改めた。

一、引用文中、誤字、誤植、不整合については傍に（ママ）と付した。明かな誤植は直して記したところもある。

一、詩作品等の制作年をアルファベットで示したものについては、Mは明治、Tは大正、Sは昭和、Hは平成を意味する。

◆もくじ◆

大東亜戦争と高村光太郎

―誰も書かなかった日本近代史―

第一章　高村光太郎という存在

高村光太郎の生涯

高村光太郎とはいかなる人か、まずは、ほとんど基礎知識がない方のために、小学生の頃使っていた百科事典からそのまま引用してみよう。私が使っていたものより、数年後に出た改訂版であるが、内容は変わっていないように思う。

たかむらこうたろう　高村光太郎（一八八三～一九五六）―東京都の生まれ。詩人・彫刻家。―高村光雲の子。東京美術学校（いまの東京芸術大学美術学部）彫塑《ちょうそ》科をでて、彫刻研究のため、ヨーロッパやアメリカにいき、ロダンなどのえいきょうをうけました。帰国後、文芸雑誌「スバル」に詩や美術評論をのせていましたが、白樺派の文学者とまじわるようになって、理想主義的ないき方を、はっきりしめしました。「道程」「智恵子抄」などがおもな詩集です。彫刻家としても、作品は多くありませんが、すぐれたしごとをのこしています。

（『学研学習百科事典』一二巻・学習研究社・昭和四八年）

この光太郎の生涯についての説明に、少し加えてみたい。光太郎の父、高村光雲（一八五二～

一九三四）は、近代日本を代表する彫刻家であり、光太郎よりも記憶に残っている人が多いかも知れない。光雲は一二才で、仏師の高村東雲の弟子となり、東雲の姉の養子となって、高村姓を名乗った。維新後廃れていく一方の木彫彫刻で身を立てる生活を貧しい中でも貫き、一八八九年（明治二二年）、岡倉天心に認められて東京美術学校の教授となった。その後も、後進の指導に当たりながら、多くの優れた作品をのこした。皇居外苑に立つ「楠木正成像」や、上野の「西郷隆盛像」は有名であるが、その他「老猿」、「矮鶏《ちゃぼ》」などがある。彫刻の師であったというだけでなく、精神面、思想面でも父という存在を越えて、光太郎に大きな影響を与えている。

高村光太郎は、一八八三年（明治一六年）に光雲の長男として東京に生まれた。光太郎が生まれた頃に、豊かとは言えなかった家庭も、彼が六才の時に、父光雲が美術学校教授になったことをきっかけに、様変わりする。幼いときから、父親譲りの見事な彫刻師としての才能を見せていた彼は、一五才で父親の奉職する美術学校予科に入学。その後本科に進み、二四才で彫刻に磨きをかけるため渡米。翌年イギリスに渡り、さらにフランスのパリで学んだ。

約三年間の欧米留学の後、彼は父親がつけた路線を歩もうとはせず、美術学校の教師も、銅像会社の経営主も拒否してしまう。画廊を経営したり、北海道での牧場経営を考えたりと紆余曲折を繰り返し、デカダンな生活の中、以前にもまして文芸に手を染めるようになる。そして、母親が勧める見合いもせず、当時、平塚らいてふが主催する「青踏社」で活動する進歩的な女性の典型であるとの噂があった長沼智恵子と同棲を始める。

一九一四年（大正三年）に、詩集『道程』を出版。その表題にもなった「道程」の詩を書いたのは智恵子との出会いの後であるが、その詩を書いた前後から彼は一生に通ずる実践的な哲学を内的に確立したと言っていいであろう。同じ年の終わりに智恵子と結婚。しかし、智恵子はやがて精神に変調をきたし、彼が五〇才の時にアダリン自殺を図り、病状悪化の末、六年後に没した。その三年後、一九四一年（昭和一六年）に、それまで智恵子について書いた詩をまとめて『智恵子抄』として上梓。国内外情勢の悪化に伴い大陸で戦争に進んでいく祖国の聖戦の理念を信じ、特に同年末の大東亜戦争（太平洋戦争）勃発前後から、祖国の勝利を祈って多くの詩作をすることになる。一九四二年（昭和一七年）には、大政翼賛会傘下にある日本文学報国会詩部会会長となり、さらに心血を注ぎ込む。大東亜戦争中、『大いなる日に』、『をぢさんの詩』、『記録』の三詩集を出版。一九四五年（昭和二〇年）四月、空襲によりアトリエ全焼。岩手の花巻に宮沢家を頼って疎開し、八月その地で再び罹災。一五日に終戦を迎える。その年の一〇月には太田村山口の山小屋に移り、その後、七年間、自給自足に近い独居生活を営む。その間、文学界での戦争責任者の筆頭として糾弾され、それを甘んじて受けることになる。一九五一年（昭和二六年）詩集『典型』により読売文学賞受賞。一九五二年（昭和二七年）十和田湖畔の裸婦像制作のために帰京。一九五六年（昭和三一年）肺結核のため永眠。

本来、彫刻が本職であったにもかかわらず、彼の生涯を綴る際に、文学者、詩人の方面に記述が偏るのは、一般に彼の詩が多くの国民に膾炙《かいしゃ》されていることに加えて、彼の人生そのものがそこに凝縮されているからであろう。

彫刻は、父光雲はもとより、フランスのロダンに留学前から傾倒し、留学後も影響を受けるところが大きかったと言われる。彫刻作品としては、十和田湖畔の「裸婦像」、日本女子大学創立者「成瀬仁蔵像」、「手」、木彫として「蝉」、「柘榴《ざくろ》」などが現存する。

さて、敗戦後、光太郎が過ごした岩手県花巻郊外太田にある高村光太郎記念館の玄関には「高村光太郎の六つの面」として「思想家である」、「彫刻家である」、「文芸評論家である」、「詩人である」、「洋画家である」、「書道家である」と書かれている。（註＊平成二五年末現在新館ができて、旧館の方にこの表記は残っている）

以前、大学院の修士論文を執筆するためその研究の一環として訪れたとき、この表記が眼に留まりその後長く印象に残った。思うのは、太田村の人々には、光太郎は、詩人でも彫刻家でもなく、第一に思想家だったのではないかということである。農作業をし、自給自足の生活を営む、若い頃に欧米留学の経験もあるこの飛び抜けた学識のある長身の人物を、行事に招いたり、一緒に宴会をしたりして話を聴く中、村民の中でおのずからその姿も思想家としての風貌を呈してきたのであろう。また、「書道家である」と記されていることについてであるが、日本の書道史を繙《ひもと》いても、光太郎の名は必ず出てくる。そして高名な他の書家と比べても、彼の墨跡をずば抜けたものとして評価する人も少なくない。とにかく、手がけたこと全てにおいて一流だったのである。

冬と孤高を友とする詩人

―三詩「道程」、「冬の詩」、「孤独が何で珍らしい」から―

まずは、彼の詩の中で最も有名な「道程」を見てみよう。

道程

僕の前に道はない
僕の後ろに道は出来る
ああ、自然よ
父よ
僕を一人立ちにさせた広大な父よ
僕から目を離さないで守る事をせよ
常に父の気魄を僕に充たせよ
この遠い道程のため

この遠い道程のため

これは、一九一四年（大正三年）二月の作である。もとは、幾頁にもわたる長詩として作られ、最終的にその最後の部分が元になってできている。この年一〇月に出版した彼の最初の詩集はこの詩名と同じ『道程』であり、この詩は、その頃の彼の心情を最もよく表していると考えられるのである。そして、その後も今日に至るまで彼の最も代表的な詩として親しまれて来たのは、彼自身の生涯を貫いたその生き方が示されていることを皆が認めるからであろう。彼はそれより五年前の一九〇九年（明治四二年）合衆国、ヨーロッパでの留学を終えて帰国しているが、彫刻家として独り立ちすることに疑問を持ちつつ、彫刻や絵画だけでなく、以前から親しんでいた短歌、評論などを発表し、やがて文学表現は詩作中心に移っていく。傍目《はため》には、文字通りの放蕩三昧、いわゆるデカダン生活を送り、方向を失って懊悩《おうのう》していたと言っていいであろう。そうした生活の中で、一九一一年（明治四四年）に一生の伴侶となる長沼智恵子と出会う。

しかし、智恵子との出会いによって、回りとの折り合いをつけて生活を安定させていこうとは光太郎はしなかった。

父光雲には門弟が多くいて、そのグループの中に若師匠として入っていくことも、美術学校の教官となることも彼の実力からすればたやすいことであった。しかし、そういう平坦な道は歩まない。智恵子との出会いも、籍を入れぬままの同棲生活で、当時の常識を峻拒して、自分の思うがままである。しかし、そこにはただ単なる放蕩があるわけではない。前提としてあるのは、他の誰でもない自分自身が道を切り開くという決意である。そういう自分であればこそ、厳しく自分を見守り気魄を充たしてくれる父ならば受け入れられる。それは、自分からの願いではなく命令である。自然は、人肌に心地よい春でも秋でもない、また多くの生命が力を増す夏でもない。生きること生きる者に対して、あくまでも峻烈な冬でなくてはならないのである。

○

一九一三年（大正二年）作の光太郎の「冬の詩」は、冬の厳しさに託して彼の人生観を内にも外にも、大声で叫ぶ、いわゆる辻説法のような詩である。彼の詩としては初期の作品群に入る。長いので、その四連の中、若者（学生）に対して訴えているところの一部を引用してみよう。

胸を鳴らし、大地をふみつけて歩け
大地の力を体感しろ
汝の全身を波だたせろ
つきぬけ、やり通せ
何を措いても生《いのち》を得よ、たつた一つの生《いのち》を得よ

他人よりも自分だ、社会よりも自己だ、外よりも内だ
それを攻めろ、そして信じ切れ
孤独に深入りせよ
自然を忘れるな、自然をたのめ
自然に根ざした孤独はとりもなほさず万人に通ずる道だ
孤独を恐れるな、万人にわからせようとするな、第二義に生きるな
根のない感激に耽る事を止めよ
素《もと》より衆人の口を無視しろ
比較を好む評判記をわらへ
ああ、そして人間を感じろ
愛に生きよ、愛に育て
冬の峻烈の愛を思へ、裸の愛を見よ
平和のみ愛の相《すがた》ではない
平和と慰安とは卑屈者の糧《かて》だ

「他人よりも自分だ、社会よりも自己だ、外よりも内だ」というこの部分だけでは一見利己的

に捉えられかねない一行であるが、攻めて信じ切るという克己の修養に収斂《しゅうれん》していくという前提として存在する。そういう点では、戦前、戦中、戦後を通して、光太郎は一貫してこの一行の如くに生きたと言えるであろう。自分を攻めて信じ切るとは、聖人の為せるわざに通ずるものかも知れない。

「孤独に深入り」することもそれが「自然に根ざ」すとすれば、「万人に、わからせようと」はせず、「衆人の口を無視し」て、「評判記をわら」ったとしても、それはついには「人間を感じ」、「愛に生き」て、「愛に育」つこと、ないしは「愛に育て」られることになる。ここで、「平和のみ愛の相《すがた》ではない」と彼が述べていることは、実際の国家間の戦争の相を愛の相だと言っているわけではないだろうが、それより三〇年ばかりたった大東亜戦争の最中には、実際の祖国の存亡をかけた戦いの中で、彼は大きく東亜解放の夢を詩に託して叫ぶことになるのである。

角田敏郎はこの詩の続く五連「冬だ、冬だ、何処もかも冬だ／見渡すかぎり冬だ／その中を僕はゆく／たつた一人で―」に注目して、「現実に自分を受け入れない世俗に対して、それらを覆いつくす冬の支配を見ている。被圧迫者たる光太郎の、自己の詩的な解放である。自己を〈冬〉に重ねることによって世界を支配し得ることになる」（『高村光太郎研究』有精堂・一一〇頁）と書いているが、光太郎は「自分を受け入れない世俗」を意識しているのでなく、自分の方から世俗を峻拒しているのである。もし角田のように「被圧迫者たる光太郎」を認めるとするならば、その圧迫者は外部からのものではない。自分自身である。その厳しく圧迫する自分自身が冬というアレゴリー（寓意）となって描かれているのである。

孤独が何で珍らしい

孤独の痛さに堪へ切つた人間同志の
黙つてさし出す丈夫な手と手のつながりだ
孤独の鉄《かな》しきに堪へきれない泣虫同志の
がやがや集まる烏合の勢に縁はない
孤独が何で珍らしい
寂しい信頼に千里をつなぐ人間ものの
見通しのきいた眼と眼の力
そこから来るのが尽きない何かの熱風だ

一九二九年（昭和四年）作のこの詩を読むと、光太郎の詩は、その後の戦争期も一貫した堅固な志操の上に成り立っていたのではないかと推測することができる。光太郎にとって、冬と孤独とはその精神において繋がっていると言えよう。一人寒風に素手を出して向かい合う姿が、常にこの詩人にはイメージされる。「道程」の中、「僕の前に道はない／僕の後ろに道は出来る」と述べる光太郎は、人がならした街路を行くことを拒み、ただ一人で人跡未踏の荒れ地を進もうとする。その時に、「父」として僕を守ることをし、「父の気魄を僕に充た」してくれるのは「自然」である。この時に自然とは、「この世の少しばかりの擬勢とおめかしとを」「いきなり蹂躙する」冬でなくてはならなかった。それは「一生を棒にふって人生に関与せよと」(「冬の言葉」S2)叱咤激励する存在であった。孤独は、ことさらに峻拒すべきものではなく、「がやがや集まる烏合の勢」による見かけ上の繋がりを否定しているのであって、究極まで己のあり方を見つめ問いただす中から産まれるものには、自ずから真があり、そこから初めて本来自分が求める連帯が生まれてくるのだと考えていることが分かる。

後年、対米英戦争にあって、光太郎は、「尽きない何かの熱風」を感じ取っていくようになるのである。

愛の詩人

―三詩「あどけない話」、「レモン哀歌」、「女医になつた少女」から―

言葉遊びや駄洒落のようなものがあたかも詩であるかのように学校教育で主として読まれ、近代の多くの名詩がなおざりにされている昨今、『智恵子抄』と聞いても、若者はほとんど知らなくなって来ているのかも知れない。

しかし、時代は変わっても、『智恵子抄』が高貴な愛を謳った詩集であることを、読んだことのある者ならば疑わないであろう。小学生に読ませると、多くの子供たちがたちまち気に入って暗誦し、女の子などは、「高村光太郎と智恵子のことを家で母といろいろと話した」などと言うことがある。やはり、その精神と愛において普遍的な価値を持つ詩集だからであろう。

また、光太郎と智恵子との関係は、結婚して以降も長い間、籍を入れることのない法的には同棲生活であった。光太郎が智恵子を籍に入れたのは、智恵子の病状が悪化してから、「自分にもしもの事があったら、印税などなにがしかの収入が彼女にいかなくてはならぬ」という思いから出たことであった――とテレビドラマを見て知って、「とても深く胸を打たれた」と話してくれた女性がいた。

光太郎を語る上で、彼が『智恵子抄』というある意味普通の人の及ばぬような世界を持っていたことは、片時も忘れてはならないであろう。

あどけない話

智恵子は東京に空が無いといふ。
ほんとの空が見たいといふ。
私は驚いて空を見る。
桜若葉の間に在るのは、
切つても切れない
むかしなじみのきれいな空だ。
どんよりけむる地平のぼかしは
うすもも色の朝のしめりだ。
智恵子は遠くを見ながら言ふ、
阿多多羅山《あたたらやま》の山の上に
毎日出てゐる青い空が

智恵子のほんとの空だといふ。
あどけない空の話である。

これは一九二八年（昭和三年）五月作。『智恵子抄』に入っている詩である。中学校の国語の教科書にも紹介されたりして、多くの人々に知られている。生活は苦しかったが、家庭的には、一応安定していた時である。しかし、酒屋を営む智恵子の実家長沼家は、すでに厳しい経済情況に置かれており、翌年には破産による一家離散となってしまう。そして、結婚後健康がすぐれなかった智恵子は、その後精神面に異常をきたすことになる。

この詩は、その前のささいな家庭でのひとときをそのままアルバムに切り取ったような作品である。彼の詩作態度から察すれば、まさにそういう意味のことを智恵子が言ったのであろう。阿多多羅山は智恵子の故郷福島県の名山である。当時の東京は、空が汚れていたわけではなく、望郷の想いが彼女にそのように言わせたのであろう。穿《うが》って考えれば、智恵子の想いは、財政的に行き詰まっていく実家の将来を案じていると言えるが、光太郎には、この時には「あどけない」ものとして、智恵子の言葉が胸に響いたのであろう。

光太郎の持つ、メルヘン的な要素をうかがわせる作品である。彼は、生きることに対しては厳格で、地上の苦悩に悶えながらもそれを撃ち払う力と情熱を謳う詩人であった。しかし、その一方で、こうした愛の溢れる詩を同時に書く詩人だったということを忘れてはならない。

次に、光太郎が、智恵子の死後に書いた詩で、多くの人に親しまれている「レモン哀歌」を見てみたい。

○

レモン哀歌

そんなにもあなたはレモンを待つてゐた
かなしく白くあかるい死の床で
わたしの手からとつた一つのレモンを
あなたのきれいな歯ががりりと噛んだ
トパアズいろの香気が立つ
その数滴の天のものなるレモンの汁は
ぱつとあなたの意識を正常にした
あなたの青く澄んだ眼がかすかに笑ふ
わたしの手を握るあなたの力の健康さよ

あなたの咽喉に嵐はあるが
かういふ命の瀬戸ぎはに
智恵子はもとの智恵子となり
生涯の愛を一瞬にかたむけた
それからひと時
昔山巓《さんてん》でしたやうな深呼吸を一つして
あなたの機関はそれなり止まつた
写真の前に挿した桜の花かげに
すずしく光るレモンを今日も置かう

この詩は、一九三九年（昭和一四年）二月に制作されている。智恵子の死は、その前年の一〇月のことであるから、それより数か月後の作品である。

愛する妻の死に遭った時の緊張した、しかし、メルヘンの世界のような美しい雰囲気に満ちている。それがいっそう、作者の哀しみを読者に共有させ、読む者の心にも、哀しみが横溢《おういつ》する。

レモンが清楚で淡いもののアレゴリー（寓意）となり、香気は高貴につながっているようである。

だが、智恵子の病状は、静かに床に伏せているというようなものではなく、光太郎の弟の豊周《とよちか》が次のような様子を記している。

医者に唾を吐きかけたり、たたいたりの乱暴なことも度々あり、自殺未遂以前から見ていた幻覚も相変らずで、水彩だのパステルだのを使っては、見えるものを写したらしい。

……

…兄がやむを得ず出かける時は、戸を釘づけにするようなこともあったらしい。僕は暴れている現場に行き合わせたことはないけれど、家内は時々それも見た。

こんな話も聞いている。兄が夜遅く帰って来ると、アトリエのそばの交番のところで、「東京市民よ、集れ!」と智恵子の声がする。びっくりして坂をかけ上ってみると、智恵子が仁王立ちに立って、沢山の人の真中で大きな声で演説している。なだめすかして連れ戻ったが、それに似たことは屢々あり、巡査が父の家にまで注意に来たこともあった。

（『底本光太郎回想』・「二つの死―父と智恵子と―」）

一九三一年（昭和六年）に智恵子に精神分裂の徴候があって、翌年にはアダリン自殺未遂があった。病状が悪化していく中で、とにかく、『智恵子抄』から窺える姿からは到底推量できないほどに凄まじい日常があったのである。この結果、光太郎は看病に明け暮れてほとんど仕事ができない状態になり、近所にも迷惑がかかるからと、九十九里浜の智恵子の母と妹のいる家にあずけて毎週通うことになるが、半年を過ぎて再び連れ戻る。そして、一九三五年（昭和一〇年）にゼームズ坂病院に入院させ、二年後に智恵子はそこで他界した。

その病院では、悪化していく病状の中、狂躁状態のない時に手すさびとして智恵子が始めた紙絵作りは、次第に複雑で多彩なものになっていく。智恵子は、光太郎が訪れる度に、それを見てもらうのを楽しみにしていたという。私も智恵子の紙絵展を見に行ったことがあるが、光太郎に見てもらおうと丹念に折ったり、切り貼りをしている智恵子の姿、それを手にとって微笑んでいる光太郎の姿、その心の交流が見える気がして目頭を熱くするものがあった。

また、病状が悪くなっていく中で、智恵子は逆に老いることがなくなったようにも見える。一九三三年（昭和八年）、光太郎は、智恵子の療養のために東北の温泉旅行に連れて出かけるが、塩原での二人の写真は、光太郎が初老の姿であるのに対し、三才年下の智恵子が若い娘のように見える。旅行先では光太郎の娘と間違われることがよくあったという。吉本隆明も同じことを書いているが、『智恵子抄』で感じる智恵子の印象と写真で初めて見た姿があまりにもぴったりなので私も驚いたことがある。着飾らない、そのままの女性の美しさなのである。智恵子の死顔を見て「二十七、八にしか見えない位、実にきれいで、あどけなくて、可愛らしかった」（同右）と豊周も回想しているほどである。光太郎に初めて会ったのが、智恵子が二六、七才の時のことであるので、その時から死に至るまで、智恵子は外見上は全く年を重ねなかったと言っていいかも知れない。光太郎の若々しい精神と智恵子自身の純朴さのためと考えられる。

そういったことを少しずつ重ねながら当時の詩を読むと、実に感慨の深いものがある。凄惨な情況の中で生まれた詩であるから、まったくのろけたようなものなどない。恋人であり、妻でもあった一人の女性に全身全霊で向かい合った真実が語られているのである。

後の章で述べるが、智恵子の死に遭った時には、愛国詩・戦争詩といったジャンルの詩はすでに光太郎によって書かれている。光太郎のような詩人も、国の行く末を想い、敏感に反応せざるを得ない情況に置かれていたのである。

「レモン哀歌」が作られた頃の、日本を取り巻く情勢を見てみよう。

一九三八年（昭和一三年）

　四月、国家総動員法を公布。
　五月、日本軍徐州を占領。
　七月、張鼓峰で国境紛争。
　八月、日ソ停戦協定成立。
　一一月、近衛首相、東亜新秩序建設の声明（第二次近衛声明）を発表。
　一二月、蒋介石、第二次近衛声明への反対声明を発表。

一九三九年（昭和一四年）

一月、国民党、汪兆銘を永久除名。

二月、日本軍、海南島に上陸。

三月、ドイツ、ボヘミア・モラビアを保護領とする。

五月、ノモンハンで、満・外蒙の国境線をめぐって日ソ両国軍隊が衝突。

つまり、第二次世界大戦、大東亜戦争（太平洋戦争）勃発につながる導火線への点火があちこちで為されているのである。

○

最後に敗戦後に、岩手の花巻郊外の太田村山口の山小屋で隠棲生活を送っていた頃の詩を引用してみよう。

女医になつた少女

おそろしい世情の四年をのりきつて
少女はことし女子医専を卒業した。
まだあどけない女医の雛《ひよこ》は背広を着て

とほく岩手の山を訪ねてきた。
私の贈つたキユリイ夫人に読みふけつて
知性の夢を青青と方眼紙に組み立てた
けなげな少女は昔のままの顔をして
やつぱり小さなシンデレラの靴をはいて
山口山のゐろりに来て笑つた。
私は人生の奥に居る。
いつのまにか女医になつた少女の眼が
烟るやうなその奥の老いたる人を検診する。
少女はいふ、
町のお医者もいいけれど
人の世の不思議な理法がなほ知りたい、
人の世の体温呼吸になほ触れたいと。
狂瀾怒濤の世情の中で
いま美しい女医になつた少女を見て
私が触れたのはその真珠いろの体温呼吸だ。

この詩は一九四九年（昭和二四年）五月に作られ、同年一〇月に『新女苑』に発表された。光太郎は、この詩を書いたときに六六才の年齢であった。後述するが、モデルになった細田明子（後に関川姓）は、光太郎がよく通った三河屋のとんかつ屋東方亭の娘で、それが縁で光太郎と親密な関係であった。彼女が女子医専に入ったのは光太郎のすすめであり、この山口山に訪ねて来た頃の手紙には、彼女は光太郎のことを「おとうさん」と書いている。智恵子を早くになくし、子供のなかった光太郎には、この女性が幼い頃からいじらしく、いとおしくてならなかったのであろう。戦時中の作品の中では「少女に」のほか「少女の思へる」等も彼女がモデルである。

この詩を見ると、狂おしいほどのノスタルジアを感じてしまうのは、私だけであろうか。その時の詩人と少女とのやりとりが、手に取るように見えるようである。光太郎の感性は衰えるどころか老いてますます磨かれている。その澄明感は、岩手の山野の中で彼の言う「世情」とは隔絶している。彼の心情はこの少女を、いつまでも美しいままに自分の宝石箱に飾っておきたかったのであろう。「真珠色の体温呼吸」というメタファーもそのまま夢を運んでくる。「けなげな少女は昔のままの顔をして」とは、彼の中でいつまでも少女のままの健気さと純真さに止めておきたいとの強い欲求から来ている。それ故に、医者への道を歩む学業の四年間が、自分が勧めた進路であるとはいえ、結果的にその少女を現世的な欲望の世界へと導き、彼女を一般的な世間ずれした女性へと堕落させることを恐れていたのであろう。「やっぱり小さなシンデレラの靴をはいて」とは、ほのかに幻想的であるが、昔の夢見る乙女の姿のままであったという安堵と喜びがそこにある。

ここに言えることは、激動の戦争期を経て光太郎自身が六〇代後半の老年期を迎えても、その豊かな情操がいささかも衰えを見せていないことである。詩人としての感性は青年期のままである。

○

一般的には「孤高」と「愛」とは、異なる概念であるようにも感じないではない。しかし、光太郎にあっては、この二つが矛盾することなく併存している。彼にあっては、「愛」も世俗の妥協した生き方からは超越している。冬の厳しさを描いても愛の世界を描いても、そこには洗練された精神に満ちた世界があり、読者はそこに深い感動を抱くのである。

第二章　戦争期の光太郎

崇高で澄明な詩

―三詩「百合がにほふ」、「最低にして最高の道」、「歩くうた」から―

さて、光太郎は、日本の命運をかけた戦争に踏み込もうとする祖国の情況をどのように考え、どのような態度で臨んだのであろうか。その時の精神・心情は、どのようなものであったのであろうか。ここで、それを象徴する光太郎の次の詩を見ていきたい。

百合がにほふ

どうでもよい事と
どうでもよくない事とある。
あらぬ事にうろたへたり、
さし置きがたい事にうかつであつたり、
さういふ不明はよさう。
千載の見とおほしによる事と

今が今のつとめとがある。
それとこれとのけぢめもつかず、
結局議論に終るのはよさう。
庭前の百合の花がにほつてくる。
私はその小さい芽からの成長を知つてゐる。
いかに営営たる毎日であつたかを知つてゐる。
私は最低に生きよう。
そして最高をこひねがはう。
最高とはこの天然の格率に循つて、
千載の悠久の意味と、
今日の非常の意味とに目ざめた上、
われら民族のどうでもよくない一大事に
数ならぬ醜《しこ》のこの身をささげる事だ。

この詩は一九四一年（昭和一六年）七月に制作されている。読者をして神聖で静寂な空気に包む。その清楚な風貌と香りは、高貴なる精神の象徴であり、大和民族とその汚れなき歴史のアレゴリー（寓意）となっている。

ここで最低とは、自分自身の利害を計算して生きるということであり、最高とは書いてある通り、大和民族の一大事に身を捧げることである。

私には、この詩を思い出すたびに、一人個室の中で、端座し、庭の百合を見つめている詩人の姿が瞼に浮かんでくる。夏の詩でありながら、光太郎が好きであった冬のように、空気が澄んでぴりぴりとするほどの清々しさと緊張がある。この澄明感の漲《みなぎ》る詩を、私は以前からとても気に入っている。

ササユリは、夏の繁茂する雑草の中にあっても、静かに成長し、最後には見事な花を咲かせる。しかし、その高貴さに、自らの出自を誇るような驕りはない。雑草の如くに育ち、花を咲かせ、そして無言のまま着飾ることのない美と、誰もが無意識に和むようなかすかな香りを放つのである。

真珠湾攻撃による対米英戦勃発の約五か月前に書かれているのに、その内容は、すでにその未来を予見していると思われる。光太郎の緊張感は、すでにこの時点でいやましにも高いものとなっている。

さて、「最低」と「最高」を題にして書かれた詩がこれ以前にある。一九四〇年（昭和一五年）七月に書かれ、同年九月に『家の光』に掲載された「最低にして最高の道」である。この詩は、百合の花のようなアレゴリーはなく、人生訓そのもので出来上がっていると言っていい作品である。私は小学校の卒業の祝辞のプリントの中、いろいろな先人の名言に交えて、担任の女先生がこの詩を入れられていたのをはっきりと記憶している。

最低にして最高の道

もう止さう。
ちひさな利慾とちひさな不平と、
ちひさなぐちとちひさな怒りと、
さういふうるさいけちなものは、
ああ、きれいにもう止さう。
わたくし事のいざこざに
見にくい皺を縦によせて
この世を地獄に住むのは止さう。
こそこそと裏から裏へ
うす汚い企みをやるのは止さう。

この世の抜駆けはもう止さう。
さういふ事はともかく忘れて
みんなと一緒に大きく生きよう。
見えもかけ値もない裸のこころで
らくらくと、のびのびと、
あの空を仰いでわれらは生きよう。
泣くも笑ふもみんなと一緒に
最低にして最高の道をゆかう。

これも、光太郎の日常におけるさわやかな決意が感じられて、素晴らしい詩である。ただ、この詩に現れている精神が、一年後に「百合がにほふ」のようなより高い表現に昇華され、連帯意識がよりはっきりと国家意識に結びついたと言えるのではなかろうか。まずは、自分から率先して正しい思いと行動の範を示す。それも、他から強制されてやるのではない。自分の立場上、やらねばならぬからやるのでもない。内から自然に溢れ出る強い衝動からやるのである。

その詩の中、空は青く澄んでどこまでも見渡せる。それは、連帯を求める詩人の心の拡がりを表している。逆のベクトルで考えるならば、祖国の情況が国際的にも国内的にも逼迫して、皆が連帯を求めねば、やっていけなくなったことを意味している。この年九月には日独伊三国軍事同盟が調印され、一〇月には大政翼賛会が発足している。国民の多くが、このように考え、この詩を読んで首肯したと思われるのである。

連帯する精神の気高さを謳ったものに、次のような詩もある。

歩くうた

（あるけ　あるけ　あるけ　あるけ）

南へ　北へ　（あるけ　あるけ）
東へ　西へ　（あるけ　あるけ）
路ある道も　（あるけ　あるけ）
路なき道も　（あるけ　あるけ）

（あるけ　あるけ　あるけ　あるけ）

目ざすは　かなた（あるけ　あるけ）
けぶれる　ゆくて（あるけ　あるけ）
果なき　野づら（あるけ　あるけ）
こごしき　磐根（あるけ　あるけ）

（あるけ　あるけ　あるけ　あるけ）

思ひは　高らか（あるけ　あるけ）
大地の　きはみ（あるけ　あるけ）
海さへ　空さへ（あるけ　あるけ）
吾等を　とどめず（あるけ　あるけ）

この詩は、一九四〇年（昭和一五年）九月作。草稿欄外には「日本放送協会文芸部洋楽課宛」のメモがある。軍歌集の中にも入れられ、飯田信夫作曲の愛唱歌となって、よく歌われたようで、昭和三〇年代半ば生まれの著者も「NHK思い出のメロディー」で歌われているのを聞いている。後に光太郎の少年少女詩集『をぢさんの詩』にも収録された。

作者の代表作の「道程」も歩く詩であるように、彼は自分の生涯を長い道程に位置づけた。ただ、同じく歩きをテーマとする「道程」と「歩くうた」でありながら、詩想は幾分異なるものになっている。「道程」の中では、道は「僕の後ろに」できるものであって、「僕の前に」は存在しない。しかし、「歩くうた」では、「思ひは　高らか」であり、「大地の　きはみ」、そして「海さへ　空さへ」、「我等を　とどめず」歩いていくのである。

「道程」は彼自身の人生の写しであり、その孤高の道は他の人間の生き方を問題にせず、その追随を許さぬ厳しさに貫かれていた。しかし、この詩にあって、歩いて行くのは多くの仲間と共にである。言葉を換えれば、東西南北どの方向に向かっても、「こごしき　磐根」へも歩いて行けるのは、共通の「高らかな思ひ」を有する同胞がいるからである。彼がここで、日本民族の明るい将来が、国民の結束によって切り開かれると考え、自らの道の彼方を国家の行く末と合致させたのである。

このように、それまで孤高であった詩人は、指導者としてというより長者として、同志として国民に対して呼びかけをする。ここで、己自身の卑小さ、利己心は高らかな歌声とともに否定され、正義と力とは敵に向けられる前に、まず自分の利己心と脆弱さを粉砕するために向けられる。「歩くうた」も「最低にして最高の道」もその行き着く先、視点は空に向けられる。「荷察」（T15）の中、「この世では、／見る事が苦しいのだ。／見える事が無残なのだ。／観破するのが危険なのだ。」と金網の中にいる鷲に呼びかけ、「俺達の孤独が凡そ何処から来るのだか、／このつめたい石のてすりなら、／それともあの底の底まで突きぬけた青い空なら知つてるだらう。」という言葉の中で空に対して込められた寓意は、澄明で高貴ではあっても、絶対的で冷たいものである。それに対し「最低にして最高の道」、「歩くうた」の空は、暖かく我々を包むのである。

光太郎にあって冬は、厳しい人生の象徴として描かれることがほとんどであったし、彼の詩「道程」に現れた求道精神に繋がるものであった。しかし、これらの詩には、暖かさが感じられる。詩作をした季節が、暖かかったというだけではない。彼の心が皆とともにいることで温かいのである。

○

光太郎が、世界戦争への突入を意識して初めて書いた詩は、一九三六年（昭和一一年）一二月作の「堅冰いたる」であろう。ここには「書は焚くべし、儒生の口は箝すべし。／つんぼのやうな万民の頭の上に／左まんじの旗は瞬刻にひるがへる。」というナチスドイツのファシズムへの傾斜を警告する言葉が見え、最後に「どういふほんとの人間の種が、／どうしてそこに生き残るかを大地は見よう。」で締めくくられている。ただ、これは、世界戦争（大戦）に突入する人類全体の命運のことを書いたもので、祖国のことを書いた戦争詩とは言い難いものである。日本のことをはっきりと書いた戦争詩と呼ばれるものは、一九三七年（昭和一二年）九月作の「秋風辞」

であると言われる。そこには「秋風起つて白雲は飛ぶが、／今年南に急ぐのはわが同胞の隊伍である。／南に待つのは砲火である。」と始まり、「今年この国を訪れる秋は／祖先も曾て見たこともない厖大な秋だ。」という暗示的な二行も見える。これは、七月の日華事変勃発が大きな戦争への引き金となっていくということを予見している。そして、この年一二月には「南に急」いだ日本軍は南京を占領することになるのである。

ただ、「この天然の格率に循つて」と「百合がにほふ」に書いているように、光太郎は天然（自然）の法則の中に正しきことが示されていると感じていたのであろう。「道程」の詩の中、彼が呼びかける「自然」が何かということもあろうが、戦争に向かい合っても、彼の精神がこの「自然」（天然）の中に象徴的に示されていると言えるであろう。

大東亜戦争勃発に当たって

光太郎の大東亜戦争観

日米開戦に当たって、光太郎の意気軒昂な様、不退転の決意の様は、その頃の詩を一瞥するだけで、読み手の身体に電流を受けた際の衝撃のように伝わってくる。

一九四一年（昭和一六年）六月には、ドイツ軍がソ連に進撃し、独ソ戦が始まる。七月には、アメリカ、イギリス、中国、オランダによるＡＢＣＤ対日包囲網が成立し、八月に入ると、アメリカが日本に対して、石油輸出全面禁止を打ち出し、日本は対米戦を避けられないものと考えるようになっていく。そういう情勢の中、一〇月に国家機密漏洩を行ったかどで、尾崎秀実等が検挙されたゾルゲ事件が起きる。同じ月に東條英機内閣成立。一一月には御前会議が開かれ、開戦が具体化していく。

そして開戦の日、一二月八日午前二時に、日本軍はマレー半島に上陸開始、三時にハワイ・オアフ島真珠湾のアメリカ海軍の太平洋艦隊ならびに基地に対して攻撃がなされた。続いて一〇日には、マレー沖海戦でイギリスの東洋艦隊と戦火を交え、戦艦プリンス・オブ・ウェールズ、巡洋戦艦レパルスを撃沈した。日本軍はその後も破竹の勢いで進んでいくかに見えた。

ここでは、その頃の日本の情況に照らしながら、大東亜戦争勃発前後に書かれた光太郎の詩を見ていきたい。

危急の日に

「本日天気晴朗なれども波高し」と
あの小さな三笠艦がかつて報じた。
波大いに高からんとするはいづくぞ。
いま神明の気はわれらの天と地とに満ちる。
われは義と生命とに立ち、
かれは利に立つ。
われは義を護るといひ、
かれは利の侵略といふ。
出る杭を打たんとするは彼にして
東亜の大家族を作らんとするは我なり。
有色の者何するものぞと

彼の内心は叫ぶ。
有色の者いまだ悉く目さめず、
憫むべし、彼の頤使に甘んじて
共に我を窮地に追はんとす。
力を用ゐるはわれの悲みなり。
悲愴堪へがたくして、
いま神明の気はわれらの天と海とに満ちる。

この詩は、一九四一年（昭和一六年）一二月四日作、同月九日付の『読売新聞』夕刊に掲載された。全集編纂者の北川太一氏によると、この頃の夕刊は翌日付になっており、実際は、奇しくも大東亜戦争勃発の八日に掲載されているという。そういう意味で、光太郎にとっても、日本にとっても記念碑的な作品になったと言えるであろう。

日露戦争の時に伝達された一文が、冒頭に来ているあたり、開戦直前に、すでに彼の国家存亡に関わる時機の到来をはっきりと認識していることが分かる。日露戦争の時は日本海であったが、今度ははるかに広い太平洋が決戦の舞台になる。そうした思いが「波大いに高からんとするはいづくぞ。」という一行に表れているようである。しかし、やらねばならぬ歴史的必然がここにある。日露戦争が、それまで有色人種の国のどこもが成し得なかった白色人種の国に対する勝利をもたらし、有色人種の勇気を呼び覚ましたように、この度は、さらに大きな東亜の大家族（大東亜共栄圏）を作らねばならない。白色人種の治める国には、有色人種の国に対する軽侮があり、やむを得ずそれに屈してきた有色人種の姿がある。そして、有色人種の国も、必ずしも日本の思いを分かっておらず、中にはむしろ日本を窮地に陥れるべく蔣介石のように「頤使に甘んじ」ている者がいると考えている。光太郎に言わせれば、それを正すべく立ち上がるのは、義によるのであり、敵が利によって動いているのとは違うのである。

これが、間違った認識なのであろうか。この年一一月二六日に、アメリカ合衆国国務長官コーデル・ハルより野村吉三郎・来栖三郎両大使に提示されたいわゆるハル・ノートは、日本に対して、中国およびインドシナからの一切の兵力の撤収、蔣介石政府の容認、日独伊三国軍事同盟の解消等を求めていた。しかし、これを認めれば、日本は完全に干上がってしまう。詳しい外交上の裏側は知らなくとも、迫り来る祖国の危機を光太郎は敏感に感じ取っていた。彼自身が、特別にそうであったというのではなく、ほとんど一様に国民全体がその危機を感じ取っていたのではなかろうか。

木戸幸一は、ハル・ノートが手交された日の日記に次のように記している。

日米会談につき御話あり。見透としては遺憾ながら最悪なる場面に逢着するにあらずやと恐れらるゝところ、愈々最後の決意をなすに就ては尚一度広く重臣を会して意見を徴しては如何かと思ふ、就ては右の気持を東條に話て見たいと思ふが、どうであらうかと御下問あり。

終始平和主義を貫かれた昭和天皇にあっても、戦争に突入する以外に道は閉ざされ、どうしようもない事態に立ち至ったと思われていたことが分かる。

大東亜戦争開戦のまさにその日の想いを書いた詩もある。

十二月八日

記憶せよ、十二月八日。
この日世界の歴史あらたまる。
アングロ・サクソンの主権、
この日東亜の陸と海とに否定さる。
否定するものは彼等のジャパン、
眇たる東海の国にして
また神の国たる日本なり。
そを治《しろ》しめしたまふ明津御神《あきつみかみ》なり。

世界の富を壟断するもの、
強豪米英一族の力、
われらの国に於て否定さる。
われらの否定は義による。
東亜を東亜にかへせといふのみ。
彼等の搾取に隣邦ことごとく痩せたり。
われらまさに其の爪牙を摧かんとす。
われら自ら力を養ひてひとたび起つ、
老若男女みな兵なり。
大敵非をさとるに至るまでわれらは戦ふ。
世界の歴史を両断する
十二月八日を記憶せよ。

この詩は、連合艦隊の真珠湾攻撃による大東亜（太平洋）戦争勃発となって二日後にあたる一九四一年（昭和一六年）一二月一〇日に制作され、翌年『婦人朝日』に掲載、さらに、詩集『大いなる日に』にも収録されている。この詩について、伊藤信吉は「三十余年前の記憶と、『満州事変』

から『太平洋戦争』に至る戦争の質的なちがいを識別しないあたりに、政治にかかわらぬ態度をとっていた人の政治理解の盲点が露呈されているわけである」（『高村光太郎―その詩と生涯―』・「戦争の詩人として」）と、書いている。伊藤の論は、日露戦争は自衛戦争であり、大東亜戦争は侵略戦争であったということが、何の検証もなく、自明の前提となっているのではないか。

伊藤のこの著は、その中の「覚書」によると、光太郎がまだ健在であった一九五三年（昭和二八年）頃より思い立ち、光太郎が他界した翌年の一九五七年（昭和三二年）に原稿が完成し、その翌年に上梓された。それだけに、戦争責任を含めて、光太郎の生涯に亘っての生々しい記述に溢れている。

しかし、この詩に記されている「政治理解」が謬《あやま》っていたとは思われない。アジア諸国を強大な軍事力を以て植民地として隷属させ、数世紀に亘って弾圧と搾取の圧政を行った欧米諸国の帝国主義政策を肯定することはできない。「東亜を東亜にかへせ」「われらまさに其の爪牙を摧かんとす」といった字句は、一九四三年（昭和一八年）大東亜会議に合わせて発せられた「大東亜共同宣言」の中の「大東亜各国は相提携して大東亜戦争を完遂し大東亜を米英の桎梏より解放して其の自存自衛を全うし」という字句と一致する。

また、光太郎は、ビルマの独立に当たって昭和一八年六月に「ビルマ独立」という詩で寿《ことほ》いだ。その最後は「光あるかな、ビルマの独立。／東南アジヤ大陸の巨大な楔、／天のきざはしビルマに永遠の正しきと美とあれ。」と締めくくられている。また同じ年一〇月作の「フイリツピン共和国独立」という詩の最後は、「この共和国必ず新しきわれらの道義に立ち、／旧弊アメリカ主義の余習を一掃して／世界にその明朗の本質を示さん。／天下ただ刮目してこれを待つ。」である。非難すべきものは、どこにもない。

たとえ同胞が現地で人道に反することを行ったとしても、この詩を批判する理由とはならない。なぜなら、その行為は、光太郎が打ち出した理想や「大東亜共同宣言」に反した行為であり、特に文学者としての責任の範疇からは完全に外れているからである。

同世代の詩人達の場合

戦争期の光太郎についての一般的な見方は、次のようなものである。

光太郎は、高らかに戦争肯定の歌を歌った。多くの詩人たちも戦争肯定の歌を歌ったが、それは心からの声ではなかった。光太郎は心から戦争を讃える歌を歌った。自由主義者であったはずの光太郎をして、あのような高らかで純粋な戦争肯定の歌を歌わせたのは、あるいは、智恵子の死によってポッカリと心の中に空いた大きな穴であったかも知れない。智恵子という愛する対象を失った光太郎は、その智恵子のあとに日本国家を入れようとしたのかもしれ

ない。（梅原猛『日本の深層―縄文・蝦夷文化を探る―』九〇頁）
光太郎研究者でない著者が書いていることであるが、一般的に文学関係者の中で、戦争期の光太郎がどういう評価をされているかという典型をここに見ることができる。しかし、実際にはどうであろう。ここには、敗戦後の光太郎の特殊な身の振り方を見て、そこから一面的に忖度《そんたく》しているだけの他者の傍観的姿がある。
一生を通じて光太郎を敬慕して止まなかった草野心平は、真珠湾攻撃の報を「霙ふる南京」で聞きながら常ならぬ興奮の中で詩「われら断じて戦ふ」を書いた。その最後の部分は次のようなものである。

……／いまはもう。／たつた一人もたぢろがない。／たつた一人も躊躇しない。／われらの祖先の血に誓つて。／大東亜圏の未来に誓つて／われらは遂ひに。／起ちあがつた。／いまこそ。／アメリカを撃ち。／イギリスを撃つ。／いまこそ。／アメリカを撃て。／イギリスを撃て。（『草野心平全集』第一巻）

特に「アメリカを撃ち。／イギリスを撃つ。」といったんは文を収め、さらに言い換えて「いまこそ。／アメリカを撃て。／イギリスを撃て。」と書くあたり、彼の勇躍たる表情が見えるようである。
平和人道主義を標榜した白樺派の武者小路実篤は、一九二一年（大正一〇年）に、「戦争はよくない」という現在の小学校高学年の優等生が書くような詩を書いている。

俺は殺されることが／嫌ひだから／人殺しに反対する、／従つて戦争に反対する、／（中略）／戦争はよくないものだ。／このことを本当に知らないものよ、／お前は戦争で／殺されることを／甘受出来るか。／想像力のよわいものよ。／戦争はよしなくならないものにせよ、／俺は戦争に反対する。／戦争をよきものとは断じて思ふことは出来ない。

しかし、そういう武者小路ですら大東亜戦争を見る眼は違っていた。一九四二年（昭和一七年）二月の日本軍のシンガポール占領に際して彼が書いた、「新嘉坡陥落」と題した詩には、次のような言葉が見える。

……／日本は亜細亜を／米英から解放するために／用意されてゐた国だ。／この国が遂に立ち上るべき時が来て／立ち上つた以上／シンガポールは落さねばならない／（二連）／世界の歴史はこゝに新しく書きなほされ／未来永遠に／今日のこの日のことは／火のやうな文字をもつて大書されねばならない。／「シンガポールは遂に陥落し、新しき亜細亜は／その時に生れたり」と。

さらに、彼の「大東亜戦争第二年の春を迎へて」という詩の中に、次のような部分もある。

……／米英は亜細亜の民を歓迎せず／しかも自分達は亜細亜の君主になる資格があるやうに思つてゐるのだ。／その非望を彼等は心から悔悟し／その罪を謹んで謝罪せねばならぬ。／

しかしそれを彼等にわからすのには／武力あるのみである。／勝て、勝て、勝て、何処までも勝て……（『武者小路実篤全集』第一一巻）

身体が病弱だったという堀口大学も、穏やかではあるが大東亜戦争に当たって多くの詩を作った。昭和一七年に発表されたものであるが、次の詩二編は開戦に当たっての興奮を伝えている。これらも、それぞれ、その部分を引用してみよう。

高御座いや栄えゆく／日の御子のしろしめす国／この国に男と生れ／みことのりかしこみ以征き／大君の為めに戦ひ／戦ひて死する幸／（一行空き）／大君の為めに戦ひ／戦ひて死する幸／外人の知らぬ幸／われ等のみ享くる幸／よき国にわれ等生れし／よき時にめぐりも会ひし（「征途」）

この詩は、題字の後に「皇紀二千六百二年新春／甥秋山光和応召征途に上る／則ち代つてその志を賦し以て餞す」とある。つまり、観念的な詩ではなく、自分の甥を送り出す際の思いを詩に託して語っているのである。アジア全体に対して想いを広げて語られた次のような詩もある。

亜細亜九億の同胞《はらから》よ／いま東洋の夜は明ける／（一行空き）／それはあまりに素晴らしく／それはあまりに美しく／君等が夢にもみなかつた／大きな理想を実現し／見事に明ける朝明けだ／（四連）／亜細亜九億の同胞《はらから》よ／今こそ君等の立つ時だ。／（一行空き）／差しのべるこの手にすがれ／しつかりと剣《つるぎ》を組んで／万難排して共に進まう。

（「呼びかける」／『堀内大学全集』第九巻）

語られているのは、あくまでも誠心誠意前向きな姿勢と連帯であり、未来へと続く大きな夢である。

こうした詩人の熱情を吐露した数々の詩が、「心からの声ではなかった」と万葉歌人の研究家として知られる梅原が言うのであるから、詩を知らない門外漢の発言に似て、意外である。こうした詩は、詩人の感動と不可分にあり、そうでなければ生まれようはずはない。

これらの詩が、戦後六〇年を経過した現在に至っても、全集でしか見ることができぬ事実、櫻本富雄は、こういう詩が自分の過去に存在したことを詩人達が糊塗《こと》しようとした事実を非難するが、そうせざるを得ない情況に追い込まれた事実があったのではなかろうか。当時の日本及び世界の情勢を分析した上で、むしろ国民が大東亜戦争という祖国の命運を賭けた戦争に対し、大きな理想を持って向かっていった事実をも明らかにせねば充分とは言えないのではなかろうか。

祖国勝利への祈り

―「神これを欲したまふ」と「提督戦死」の二詩から―

高村光太郎は基本的に彫刻家である。その上で詩人なのである。つまり、美を創り出し描き出す芸術家なのである。大東亜戦争開戦に当たって、その自分の芸術家としての立場に、彼は揺るぐことはなかったようである。

連合艦隊の真珠湾奇襲攻撃の余燼冷めやらぬ一九四一年（昭和一六年）一二月二二日付水澤澄夫に宛てた書簡に、「…一二月八日以来たてつづけにいろいろの当面の用事に従って居りますにつけ、ますますわれわれが美の内面世界を深く探り進まねばならぬ事を痛感します、われわれ東方の美をどういふ風に世界像として造型すべきか、猛然とした気持になります、…」と、この国家非常時に当たって、彼は、「美の内面世界を深く探り進」むことと、「東方の美の世界像の造型」として彼の求めてきた美の世界が、具体的に大きく形を為す契機であると考えていたことが分かる。

そういうことを思いつつ、彼の詩を見ていきたい。

神これを欲したまふ

神明の気天地にみつる時
神の欲したまふところ必ず成る。
われら民族これを信じ、これに拠り
力をつくし、身を捧げて古来行ふ。
一たび其声をきくや断じてかへりみず、
偏に神の欲したまふところを果すは
神の裔なるわれらの常だ。
神明の気いんうんとして空と海とを圧し
ほとほと息づまるばかりの時
かの十二月八日が来たのだ。
天佑を保有したまふ明津御神
神の裔なるわれらをよばせたまふ。
即刻、厖大な一撃二撃は起り
侵略者米英蘭を大東亜の天地から逐ふ。

かくの如き力ある一年を歴史は知らず、
算数は知らず、唯物《ゆゐぶつ》は知らない。
世界の制覇者アングロ・サクソンの理念は
未だ己《おの》が地下盤石の崩れんとするを信ぜず、
ひたすら財を傾けて消耗の戦に勝たんとする。
此戦が理念の転回たるを知るや知らずや、
彼等盲目の復讐にただ喘ぐ。
神は精神の主権を欲したまふ。
神は物力の制覇を否みたまふ。
神の欲するところ必ず成る。
われら民族これを信じて断じて行ふ。
世界は物欲の卑《ひく》きを去つて
精神の高きにつかざるべからず。
神これを欲したまふ。
われら神意によつて戦ふ。
世界の道必ずわれらの血によつて樹《た》つ。

たとへば空と海とをわかつ日の如く、
神しろしめしたまふ精神の高さが
今や世界の理念に一線を画するのだ。

この作品は一九四二年（昭和一七年）一二月に作られ、同月に『読売報知新聞』に掲載された。「神の欲したまふところ必ず成る。」という句が、行を隔て少し字句を変えて「神の欲するところ必ず成る。」とリフレインされているが「神」と「欲す」（「欲し」）が合わせ出てくる行を数えると、題を除いて五回、神が主語になった句が多いことが目に付く。「精神」も含めて「神」という文字のみを拾うと、題を除いて一六回出てくるのである。

欧米の科学力に対抗するのに我が国の神話を全面に押し立てて論ずるということは、幕末の尊皇攘夷運動に見られる近代化の中での特徴であった。それは、キリスト教の信徒で、明治初期に合衆国にあって国語の廃止を考え、徹底的に合理的な欧化政策を実施しようとした初代文部大臣森有礼についても同様であった。彼は、明治の初めに合衆国の知識人に日本の将来に対しての助言を受けんとしてまず日本の歴史を記し、その読後に受けた助言を加えて"Education in Japan"（『日本の教育』）として出版するが、森はまず、日本神話に多くの頁を割いている。冒頭の文の中にこのように記されている。

日本の皇統を正史にひもとけば、二五三二年となんなんたるものあり。これは最初に我が国をしろしめされた初代神武天皇の即位に肇《はじ》まるものである。彼の建てた皇国は、今に至るまで全く変わることなく続き、故に世界で最も古い歴史を持つものである。

（著者訳・旧『森有礼全集』三巻）

むしろ、欧米通なればこそ、日本の科学力、経済力の劣勢な様を知悉《ちしつ》し、それでもなお欧米列強に伍して行かねばならぬと思う時、邦人の精神に頼らざるを得ず、その精神のバックボーンとして、神話を持ち出さざるを得なかったのである。

「かくの如き力ある一年を歴史は知らず、／算数は知らず、唯物は知らない。」とは暗示的な表現であるが、背後に数量計算では計れない神秘性に満ちた奇跡があることの強調であろう。これは「神は精神の主権を欲したまふ。／神は物力の制覇を否みたまふ。」という語と重なり、「世界は物欲の卑しきを去つて／精神の高きにつかざるべからず。」という語で換言して繰り返される。勧善懲悪的な理念が国家的に拡大したものと言っていい。ここには、彼の精神の正しさ、崇高さを求めて止まなかった日常の道程が重ねられるのである。

ここには、ひたすらに道を求め、祖国と東亜の安寧と発展を願い、己の日常の利欲を全て抛《なげう》った男の貧しくも気高い姿がある。

そういう意味で、光太郎にとっては祖国の危急に当たって、自分の為し得ることを為すということは、ごく自然な日常の営為として行われたのである。

提督戦死

提督山本五十六大将戦死す。
其報まさに霹靂に似たり。
満身の血逆流し、
筆、字体を成さず。
提督身を挺して危きにつく
わが無敵海軍無上の伝統をしのび、
海に生きて海に死し、
死して護国の魂魄を海に馳する者、
提督最後の決意をおもふ。
われら挙げて提督の為に慟哭し、
又われら挙げて提督の霊に告げんとす。
「提督斃れて提督生る。

吾等が海軍俊髦雲の如し。
提督を慈父と仰ぎし者等、
悉く提督の機略を伝習し、
更に一段の豪宕を養へり。
無敵海軍、提督の死にあひて、
その勇と智とを百倍にす。
提督の魂魄幸に照覧せよ。」
わが筆ここに至つて定まり、
心粛然としてまた動ぜず。

この作品は一九四三年（昭和一八年）五月二一日午後三時に制作され、翌日の『朝日新聞』に掲載され、後に光太郎の少年少女詩集『をぢさんの詩』にも収録されている。草稿に「発表即日即刻つくる」のメモがあることから、実際に新聞の号外かラジオでその報を聞き、一気に書き上げたものであろう。それだけに、光太郎の口吻の荒々しさが直に伝わってくるようである。

連合艦隊司令長官・山本五十六が南方で前線視察移動中、ブーゲンビル島上空で米軍戦闘機に待ち伏せをされ搭乗機に機銃弾を打ち込まれて戦死したのは、四月一八日のことであり、六月五日に国葬となっている。その間、しばらくその死は極秘にされ、公表されたのが、光太郎がこの詩を書いた日であったことが分かる。すでに連合軍の攻勢逆転により、南方の日本軍はガダルカナルを撤退し、敗色が濃くなり始めた時であり、多くの国民が前途に不安を感じ始めたのがこの山本元帥の戦死であったという。それを、国民の一人である作者も、悲痛な想いで感じ取ったはずである。

大東亜戦争中の詩は、このように、文章を推敲する時間もなく、一気に書いて日時を置くことなく発表されたものが多い。それだけに、光太郎のそのままの想いが、ほとばしり出ているように思われる。詩として、完成しているのである。

ただ、この詩の中「無敵海軍、提督の死にあひて、／その勇と智とを百倍にす」とは、普通、そうは言えないと思う。自分をそして国民を、そういう言葉で叱咤激励しているだけである。そういう前向きな言葉が、悲壮感を逆に引き出している。しかし、それは光太郎の罪ではない。そう言わざるを得なかったのである。

当時内大臣を務めていた木戸幸一も、光太郎が詩作したこの日の日記に「三時、山本聯合艦隊司令長官戦死の旨大本営より発表せらる。真に痛憤に堪へず。一億国民の驚愕悲嘆思ひやらるゝものあり。返す返すも遺憾なり」と記している。しかし、この時点でも、聖戦を信じていた光太郎に後退はなかった。もとより、アジア侵略などという敗戦後に捏造された論理は彼にはなかったし、アジア解放のために日本軍は戦い、その日本軍を支援することによってのみ、アジアは欧米の植民地としての重圧からのがれることができるのだと信じて疑わなかった。その真摯な想いが「沈思せよ蒋先生」（S17・1）ともなったのである。

一九三八年（昭和一三年）一二月に「正直一途なお正月」で「劣等人種と彼等のきめた／その劣等が何を意味するかを／天地の前に証《あかし》しようとして裸になつて／けなげに立ち上つた民族の直情を／正直一途なお正月は理解するだらう」と書いた彼は、アメリカで留学生活を送り、その国の底力は感じ取っていたはずである。それゆえに、祖国が立つ時に容易ならざる状況に陥ることは彼の目に明らかなこととして映ったのである。このことは、大きな国力差から来る対米開戦の無謀さをはっきりと認識しながら、司令長官として、自らが開戦の火蓋を切る役目を引き受けた山本元帥にしても同じであった。しかし、困難を前にそれでも日本が立ったとはどういうことか。天地や歴史の前で、誠心誠意真心を尽くすことであると光太郎は考えたのである。その正直さは相手に向かった時「頭をなぐるのも善意だといふことを／あのブロンドオなら悟るだらうか」という表白にもなり、後に「われらの否定は義による。／東亜を東亜にかへせといふのみ。」（「十二月八日」）との強い使命感にも繋がっていくのである。そして、有色人種であることとの意味を、欧米留学以来の強烈なコンプレックスとともに強く感じ取ってもいたのである。

『をぢさんの詩』は一九四三年（昭和一八年）一一月に出版されているが、「序」は五月に書かれ、その中、「今月書いた「提督戦死」がいちばん新しい」とあることから、この詩集全体の中で、この詩が最後に置かれている意味は軽くないと言えるであろう。この詩から漂って来るものは悲壮感であり、それが、強烈な使命感と表裏一体であることにより、自らより困難な情況の中へ前進することのみが残り、それ以外の道は想像だにされない。

しかし、この詩以外、そうした悲壮感を帯びたものはこの詩集の中にはない。このことは、もちろん、山本元帥の死に至るまで、ミッドウェー海戦以降の敗北が軍部に秘匿され、日本の大きな負け戦を感ずるすべがなかったためもあろう。

しかし、個々人の生活のレベルでは、戦死者の報告が、近所の知り合いの家にも次々ともたらされたはずである。同じ年の四月に書かれた「あそこで斃れた友に」（S18・4）では、「瘦せ細つて草の根を噛み、／水びたりの壕の横穴にねて、／つるべうちの砲弾をあびながら、／なほ一歩も攻撃をやめぬといふ。／君もその中に嘗てゐた。／陛下の御軫念を思つて哭き、／或夜糧食を運びながら君は斃れた。」と兵士を褒め称え、それは「私は一切の生活を戦力に捧げる。／私は十分の一で生きる。／私は防空の戦士となる。」と自らの決意を固める。この詩は一九四四年（昭和一九年）刊の詩集『記録』におさめられているが、戦局が悪化したことと、少年少女を意識して編まれていないという理由から、この詩集には「提督戦死」のような悲壮感が充溢している。

この年昭和一八年六月六日、満州奉天の田村昌由に宛てた書簡の中に、次のような文が見える。

時局はますます緊迫の度を加へてまゐりますので、小生も大に頑張つてゐます。全力をあげて生活にも仕事にも心をこめてはたらいて居ります、詩人達もみな気をそろへてやつてゐるやうに見うけられますが、時々いろいろが《ママ》問題が起ります、あなたのいつか「詩と詩人」に発表されたやうな警告や建言は大に薬になると思ひます。まだまだ真実に考へ、実際に感ずることが足らない事をみな反省しなければなりません、しかし真剣な人も方々に居るので心強い気がします、詩についてはまだ実にたくさんの解決すべき問題がわれわれを待つてゐます。

文学報国会に集った詩人達の中でも、いろいろなごたごたが生じたことがこの書簡によっても分かるが、「詩についてはまだ実にたくさんの解決すべき問題がわれわれを待つてゐます」と記してあることから、こうした時期にあっても、光太郎が、純粋な詩作の態度を崩していないことが分かるのである。

「琉球決戦」と「海軍記念日に」

さらに戦局が厳しい情況になって来た時の彼の詩を見てみたい。

琉球決戦

神聖オモロ草子の国琉球、
つひに大東亜戦最大の決戦場となる。
敵は獅子の一撃を期して総力を集め、
この珠玉の島うるはしの山原谷茶《さんばるたんちゃ》、
万座毛《まんざまう》の緑野《りよくや》、梯梧《でいご》の花の紅《くれなゐ》に、
あらゆる暴力を傾け注がんずる。
琉球やまことに日本の頸動脈、
万事ここにかかり万端ここに経絡す。
琉球を守れ、琉球に於て勝て。
全日本の全日本人よ、
琉球のために全力をあげよ。
敵すでに犠牲を惜しまず、
これ吾が神機の到来なり。
全日本の全日本人よ、

起つて琉球に血液を送れ。
ああ恩納《おんな》ナビの末孫熱血の同胞等よ、
蒲葵《くば》の葉かげに身を伏して
弾雨を凌ぎ兵火を抑へ、
猛然出でて賊敵を誅戮し尽せよ。

この詩は一九四五年（昭和二〇年）四月一日に制作され、翌日『朝日新聞』に記載された。この頃の祖国の情況は逼迫し、特にこの沖縄への敵軍上陸を迎え撃つ作戦は本土防衛最後の大きな砦を守ることができるかどうかという大きな分岐点であった。光太郎はこの時に猛然として、筆を走らせたのであろう。校正のために原稿を寝させることもなく、書いてすぐに手渡しされたであろうし、その事実は、この作品が、その瞬間の思いをそのまま伝えているということを意味している。

大手の新聞紙上に発表されたことで、多くの国民が、この作品を読んだであろう。アメリカ軍は、この詩が書かれた四月一日には本島に上陸している。そして、六月二三日には、日本軍守備隊は壊滅した。日本側の死者は、一般住民約一〇万人を含めて約二〇万人に上った。

この前年には、アメリカ軍は、マリアナ諸島のサイパン島を陥落させ、東京空爆の基地とし、さらにこの年、激しい攻防戦の末に硫黄島の日本軍守備隊を壊滅させ、これによりさらに本土に近い安定した前線基地を確保することに成功している。

サイパン島、硫黄島、沖縄本島で激しい攻防戦が展開されたのも、それらの島が、日米両国にとって、戦略上重要だったからである。

沖縄の占拠によって、アメリカ軍は、特に西日本への空襲が容易になり、さらに、日本本土での決戦になる場合には、その大規模な補給地として使用することができる。

世界地図で極東の日本の位置と、東シナ海に浮かぶ沖縄（琉球）の位置を知るだけで、私は今現在でも戦慄に似たものを感ずる。沖縄を制圧することで、東南アジアのみならず、台湾、中国南東方面からの補給を絶つことができるのである。このことは、平成二六年現在の東シナ海についても言えることである。現在、尖閣諸島から沖縄にかけての最大の脅威は、中共であると言えるが、特に地政学的見識を持つまでもなく、沖縄を奪われシーレーンを押さえられてしまえば、日本経済はとたんに麻痺させられてしまうのである。

大東亜戦争当時、鉄、石油、ゴムなど多くの資源を他国に頼らざるを得なかった日本としては、それらの補給路が絶たれることは、そのまま敗北に繋がっていた。「琉球やまことに日本の頸動脈」と書かれていることは、そのことを的確に表していると言っていい。

この詩を読むたびに、私も含めて読者は、沖縄戦の現実を思って、苦しいものを感ずるのではなかろうか。「全日本の全日本人よ、／起つて琉球に血液を送れ。」と光太郎が訴えたこと、しかし、それはもちろん詩的喩えである。「できうる限り多くの兵隊を送れ、武器を送れ、物資を送れ、共に琉球（沖縄）を守れ」という意味である。

ただ、光太郎は沖縄を本土とかけ離れた外地としては見ていない。それは「熱血の同胞等よ、」と呼びかけていることでも分かる。さらに、日本は神国だから、その勝利は容易に手に入るとも思ってはいない。「蒲葵《くば》の葉かげに身を伏して／弾雨を凌ぎ兵火を抑へ、／猛然出でて賊敵を誅戮し尽せよ。」と、ゲリラ戦をもってしか、戦う術はないと思っているのである。

この詩を書いて半月もたたぬ間に、自分の住まいであるアトリエは空襲によって炎上し、自分の彫刻作品を含めて智恵子との思い出の品のほとんどを焼失してしまうことになる。彼自身、その危険があると充分承知した上で、言論によって祖国を守ろうとする想いから、帝都を離れなかったのである。

「敵すでに犠牲を惜しまず、／これ吾が神機の到来なり。」とは、「困難があってこそ、道は開ける」、「並々ならぬ困難を克服をすることなくして、道は開けない」という彼の人生観の一表現であると見ることができるであろう。

この詩を引用し光太郎を非難する言葉を、時々目にすることがある。書いた当事者であってみれば、非難の声を聞かずとも、振り返るだけで、どれほどにその胸が痛んだか、想像するに余りあるものがあったと思う。

吉本隆明は、この詩を取り上げ、「高村は自己の内部世界を庶民の意識から切り離し、指導者的な、日本的近代意識ともいうべき一元性に到達した。」(『高村光太郎』・「敗戦期」)と述べる。

しかし、それでは、光太郎が当時どのような表現をすればよかったのかと考えると、他の選択肢はなかったであろうと思う。多くの少年少女が、学校や日常生活の中で軍歌を歌い、多くの男の子は軍隊に入って武勲を立てることを夢に見、女の子は母親と一緒に千人針を刺して、兵隊の安全と武勲を祈る時に、そして町民こぞって出征兵士を軍歌を歌い国旗を振りながら歓呼の声で送り出す時に、「一億一心火の玉」とか「欲しがりません、勝つまでは」といったスローガンが街中に貼られて、総力を結集して勝利に向かって国民が邁進している時に、光太郎のこの詩も正常な感覚だと言わざるを得ないのではなかろうか。正常とみなされているからこそ、『朝日新聞』に掲載されたのである。この詩について、高村光太郎に罪があるとするならば、当然この詩を載せた『朝日新聞』にも罪があるということになるし、祖国の勝利を祈ってなにがしかの言動をした当時の日本人全てに罪があることになろう。

さて、ここに、見方を変えて考える素材を著者である私は一つ持っている。二〇一三年(平成二五年)九月、私は、沖縄(琉球)の歴史と現状について沖縄の那覇で講演をする機会があり、特に明治の初めに鳥取県出身の松田道之が中心となり琉球の日本帰属を決定した「琉球処分」のことと、大東亜戦争末期の沖縄の激戦、敗戦後の本土の扱い、米軍基地の問題などについて私見を述べた。話し終わって、質疑応答の時間となった時、九〇才を越える年齢のご婦人が真っ先に挙手をされて、私の講演会の感想と意見を聞くことになった。その話の要点は二つあり、一つは「琉球処分という言葉は聞こえは悪いが、尚泰王《しょうたい》は華族に列せられているので、決して処分という言葉は当たらない。上の階級が特権を失ったのみで、民衆の生活は、むしろ良くなった。そのことで感謝している」、二つめは「沖縄は大きな被害を受けたが、沖縄での戦いがあって、アメリカ軍に対して、日本の力を見せることができた。全国北海道からも多くの兵隊が来てくれて一緒によく戦ってくれた。日本のために一丸となって戦った沖縄を誇りに思う」ということであった。

この方は、沖縄戦の際には、若き女教師で、乳飲み子を抱えて逃げ回った経験もお持ちだという。その時、私は体調が悪く、演台の上に手をついて、かろうじて立っている状態であったが、そのお年を召されても変わらぬ愛国と至誠の想いに打たれて身が引き締まり、深く頭《こうべ》を垂れる想いであった。

海軍記念日に

「撃滅」の精神が凝つて

あの日本海海戦となり
あのたぐひ稀な決定的勝利となつた。
東郷元帥の無口の断には
実にすごい決意と
到れり尽せりの用意と
決してゆるさぬきびしさと
天佑を確信するまことがあつた。
天佑を保有したまふ　陛下の海軍には
いつも神さまがついてゐてくださると
元帥はかたく信じて疑はなかつた。
だから思ふこと行ふことが
実につよく実に思ひきつてゐた。
そのかはり最大限の用意と準備と
命がけの訓練とを全海軍に命じた。
その上で元帥は実にしづかに
断を下して動かなかつた。

そして勝つた。
いま沖縄では夜となく昼となく
敵米国の大軍をむかへて
容易ならぬ戦局が展開してゐる。
海から来るものは海でうつ。
東郷精神に生きる帝国海軍は
全軍特別攻撃隊といふ
敵にとつて此上もなく恐ろしい
必勝撃滅の戦をやつてゐる。
人間の知恵と力と誠とをつくせば
あとは神さまがひきうけてくださる。

この詩が書かれたのは一九四五年（昭和二〇年）五月一五日、発表されたのが同月二七日の『週刊少国民』である。この詩にあるように、沖縄では「容易ならぬ戦局が展開」していた。「琉球決戦」の詩と同様に、沖縄の戦場が夥しい流血と徹底した破壊にさらされていること、容易に勝てないことは分かっているのである。分かっていて、書いているのである。ここで言えるのは、光太郎が現実的にどうこうできる状態ではなかったということである。それでは、少年達にどう伝えればいいかと問われるならば、このように励ます以外のことはできないであろう。祈りの詩だということである。現在の視点から、大人の理性を軸にしてどうこう言えるものではない。

五月二七日は日本海軍が、日本海海戦でバルチック艦隊を撃滅した日で、その勝利を祝って制定されている。私も詩を書くが、この時点で光太郎の立場に置かれていたとするならば、必ずこのような内容の詩を書いたであろう。それ以外のメッセージを送りようがない。

ある意味、光太郎は神々の助けがあると信じていたことが、この詩以外の詩を見ても分かる。日本海海戦の未曾有の大勝利は、何によってもたらされたか、「神さま」によってである。そして、「陛下の海軍には／いつも神さまがついてゐてくださる」と信じて行動した東郷平八郎以下、海軍全員、そして日本人全ての力であると光太郎は考えたのである。それは、鎌倉時代、文永の役・弘安の役ともに、大嵐が起こったことでも明かな神の加護のある国、神国日本に訪れる神佑である。そう考えるからこそ、最後の二行ではっきりとそのことを記したのである。

「人間の知恵と力と誠とをつくせば／あとは神さまがひきうけてくださる。」とは、神国日本の八百万の神々への絶対的な信仰であると言っていい。ただ、そう思わなければ、多くの死に対して納得できる説明はできない。幼年期から戦後教育の洗礼を徹底して受け続けた私であっても、光太郎のこの言葉を嘲笑するようなことは決してしない。自己の命を擲って祖国の危機を救わんとした若き軍神の方々に光太郎と共に、手を合わせ冥福を祈るのみである。

特別攻撃隊について言えば、航空特攻には「神風」という命名がある。第一航空隊の猪口力平参謀長が特別攻撃隊の命名をする際に、大西瀧治郎中将に「神風隊」（しんぷうたい）と名付けたいという申し出をしたところから来ている。彼の妻の縁者になる幕末の鳥取藩の志士にして高名な剣豪であった詫間樊六《たくまはんろく》の興した剣術の流派が「神風流《しんぷう》」であり、それにちなんだ命名であった。しかし、詫間にしても、その命名は元寇の際の大嵐に由来しているのであるから、「今こそ神風をおこす」、「自分らこそが神風になる」という意味では、同じことである。一九四四年（昭和一九年）一〇月のレイテ戦に始まるこの攻撃は、数百キロの爆弾を零戦などの戦闘機に積んで敵艦に体当たりするという「十死零生」の作戦である。乗っている機の故障により基地に帰ったり、どこかに不時着するということのない限り生きのこることは零に近い。

当時、大東亜戦争に従軍し、自らも特攻隊員として国に殉ずる決意を固めていた森本忠夫氏は、特攻作戦は「トップダウン」（上からの命令）ではなく「ボトムアップ」（下からの希望）によって始まり、志願により決行されていったと説明している。その大西中将の決断については、

…この悲劇の提督は、彼がまさに直面している戦局、つまり、日本人が一方的に追い込まれ、這い上がろうとするすれば余計に奈落の底に足を取られて行く蟻地獄のごとき戦局の中で、効果（戦果）空しく重ねられる〝徒労の死〟を、〝意義ある死〟へと昇華させることを考え

ていた。〝犬死に〟よりも〝特攻死〟を、と大西中将は考えたのであった。特攻は「統率の外道」ではある。しかし、少なくとも、それは、将たる者の部下に与え得る〝大愛〟であり、〝大慈悲〟であると。…（『特攻』五三頁）

結局、大西中将は、敗戦によって割腹して果てた。「統率の外道」とは、彼の言葉である。彼自身が自らを「外道の提督」と言っていたのも同然であった。多くの有能な飛行士を次々に失っていく中で、未熟な操縦では敵艦からの猛射をくぐり抜けて爆弾を投下して命中させるのはほとんど不可能である。しかし、爆弾を抱えての特攻ならばできる。そして、成功すれば一撃で大きな戦果が上げられる。人間魚雷「回天」も、敵艦底を狙い一撃で撃沈できる、同じく「十死零生」の情況の中で成り立っていた。そういう場に自ら向かって行った者を讃美してはいけないのか。その死を悼んでもその志を讃美することなくしては、彼らの霊魂は永久に浮かばれまい。

少年少女への視点

光太郎の戦争責任論と『をぢさんの詩』

これは、文学や文学者全般についても言えることであるが、私自身、自分の世界を詩という媒体を通して表現する詩人が、時に少年少女に対してどのような視点を持ち、どのようなスタンスでいるかということは、常に関心のあるところである。

そう思いながら、光太郎の少年少女詩を見るときに、彼ならではの独特の世界があることに気付いた。そして、それが、戦争期において如実に現れていることを知ることができる。

すでに触れてきたが、高村光太郎には、大東亜戦争中に出版された三詩集がある。『大いなる日に』（S17・4）、『をぢさんの詩』（S18・11）、『記録』（S19・3）であるが、一年ごとに出版されており、それぞれ戦争との関わりとその編まれ方において意図の違いがある。

『大いなる日に』の序には「支那事変勃発以来皇軍昭南島入城に至るまでの間に書いた詩の中から三十七篇を選んでここに集めた。ただ此の大いなる日に生くる身の衷情と感激とを伝へたいと思ふばかりである。」。『をぢさんの詩』の序には「この詩集は年わかき人々への小父さんからのおくりものである。小父さんは以前から童謡といふものを書かず、小さい人々にむかつてさへ斯ういふ詩を書いてきた。小父さんは自分自身の感激をそのまま､幼い人々や､男女青少年の方々にむかつても、自分自身の言葉でのべるより外の方法を知らなかった。…小父さんは、けつきよく、日本国土の美しさと、大君のため生きてかひあるよろこびとを、心の愛をかたむけて、くりかへし抒べてきたのである。…」。『記録』の序には「…大戦の由来は遠く且つ深い。恐らくペルリ来航の時すでにその運命は萠してゐたとみるべきであらう。この集に序篇として大正年代以来の詩を若干入れたのも、或る雰囲気の必至の勢を暗示するよすがとせしめたい心からであつた。…」とある。

『をぢさんの詩』は、つまり「日本人としての感動」を子供に伝えようという詩人の想いから出版されたことに他の二詩集とは異なる特色があるのである。

角田敏郎の「戦中の「少年詩」―高村光太郎『をぢさんの詩』について―」(「学大学文二〇」)には、「筆者は今まで、意識的に高村の『をぢさんの詩』を扱うことを避けてきた」と書かれている。角田は、幾編かの詩を取り上げて評釈しながら、光太郎が「小父さん」の立場から青少年に詩を書いたことについて、「高村自身の育った幼年期の雰囲気に、時代をへだてながら逆行する道筋をつけることになったのではないか。現在のわれわれから見ると、精神的な落とし穴は、むしろここにあったように思える。」と論じている。ただ、この詩集の構造を、このように否定的なものとして頭から捉える必要はない。

角田の論文以前には、一九四四年（昭和一九年）の「日本詩」に掲載された平田内蔵吉の「『をぢさんの詩』について」と、「詩研究」に掲載された尾崎喜八の「『をぢさんの詩』研究」があるが、どちらも小論である。これについても角田は「作品評として同意できる点もあるが、同じ時代風潮の中での見解で、今日から見れば問題が多い。」としている。

最近目に付いたものでは、五十嵐康夫「『をぢさんの詩』」があるが、「功罪相半ばする詩集」という従来の狭隘《きょうあい》な解釈から抜け出ていない。

このように、高村光太郎についての研究書や論文が多く出ながら、『をぢさんの詩』が避けられている理由は、光太郎の生涯の中で彼が最も挫折と悔恨と罪意識を味わった戦争協力の悪しき記念碑であるとされているからであろう。そして、この詩集を論ずるということは、それがまた青少年教育と結びついていたという点で、光太郎に対し共感と信奉の想いを抱く研究者、特にそれが教育関係者であった場合はなおさら、光太郎の暗部を抉るような気がして避けて通りたくなるのであろう。

この想いは、光太郎自身も同じく、敗戦後、「戦争中には変なものを二三出した」（「自伝」S30）という三詩集に対する回想をしている。しかし、この言葉は戦争協力をしたという反省に立つ、敗戦後の作者の真摯な懺悔の心情として共感できるが、これらを戦争詩集として否定的に捉えるのではなく、客観的見地に立って純粋に詩作品として評価することが現在もっと必要なのではなかろうか。

ここでは、まず、少年少女の読者を対象に編まれた『をぢさんの詩』の四七編の詩の内で、特に幼年の読者を対象に書かれたであろうと思われるいくつかの作品や、その詩集に収められた作品以外の少年詩に当たると思われる作品を通して、この詩集の特色と光太郎の「少年詩」あるいは、彼にとっての少年少女とは何であったのかということまで考えてみたい。

幼年に向けての詩三編―春から夏の暗喩―

カタバミの実《み》

カタバミの実《み》を又《また》はじかう。
まどの下《した》の草《くさ》の中《なか》に
手《て》づまの棒《ぼう》の様《やう》なあのかはいらしい実《み》が
けさもきれいに並《なら》んでゐる。
あの実《み》のあたまにちよつと触《さは》ると
ぽんぽんぽんと実《み》がはじけて

種子《たね》の飛《と》び出《だ》すのがおもしろい。
待《ま》つてた様《やう》に飛《と》び出《だ》して
愉快相《ゆくわいさう》にはね上《あが》るからね。

この詩は、一九二八年（昭和三年）一一月に制作された。「詩篇はほぼ読む人の年齢順にならべた」と序に書かれた『をぢさんの詩』四七編の中で四番目に置かれ、また全ての漢字にルビが振ってあることから、小学校低学年程度の学童初期の年齢を対象に書いてあることが分かる。また、表紙を開くと序の前に「著者素描」、「カタバミの実」と記された光太郎の素描が載っている。この詩集に他の挿絵の類はないことから、この詩に作者は象徴的な意味を持たせているのではないかとも思われるのである。

ここには冬に象徴される自然と人生を同化させ、自然の中に厳しい己の生き方を探究した作者の姿は見られない。ただ、詩人にとって、強靱さも優しさもその感情は常に表裏一体のものであるとすれば、厳しさが優しさの背後に回っていると言った方がいいかも知れない。

彫刻家のこの世での形状を極めようとする観察眼はあるにせよ、幼児のような手放しの感動がそれに勝って全面には出てこない。ただ、童子のような素直な目で見、手で触れ、カタバミの種が飛び出すこと自体にそのまま感動する。その、大人から見ればあまりにも日常的な、自然な、子供じみたと相手にされぬようなことを、作者は子供らしい純真さのみが持つ、きらびやかな感動の中で捉えたのである。

約束《やくそく》

むかごの蔓《つる》よ、
それは僕《ぼく》のうちの
三間《さんげん》ばしごだ。
毎日雨《まいにちあめ》の降《ふ》つてるうちに、
いつのまにか巻《ま》きついてしまつたね。
こんないい夏《なつ》の日《ひ》になつたので、
君《きみ》は蝋引《らふび》きの葉《は》をさかんに出《だ》すね。
ほんとは少《すこ》し困《こま》るのだけれど、
何《な》にしろ堂堂《だうだう》としてゐるね。
まあ、そのかはり秋《あき》になつたら、
むかごをどつさりくれると約束《やくそく》したまへ。

この詩は、一九二八年（昭和三年）六月に制作された。『をぢさんの詩』では「カタバミの実」に続いて五番目に置かれている。前詩と同様、作者はさりげない身の回りの日常に見える植物に新鮮な驚きと愛情を注いでいるのである。

「約束」という題名も、山芋の擬人化を象徴していると言ってよい。「三間ばしご」の暗喩もそれ程に特異なものではないが、それだけにこの静かな風物に合って、優しい語りかけとなっている。

目を社会的な現実に移せば、満州事変によって祖国が最終的に敗戦を迎えることになる十五年戦争開始より三年前の作である。この年五月に日本軍が済南を占領、六月に張作霖爆殺事件を起こすなど、重苦しい戦時の臭いは立ちこめていた。決して楽ではない智恵子との生活の現実の中にもメルヘンを感じさせる「あどけない話」がある一方で人間性の抑圧に対する厳しい批判としての「ぼろぼろな駝鳥」を書いているのもこの年である。

路《みち》ばた

君来《きみき》て見《み》たまへ、おもしろいよ、

昨日《きのふ》まで何《なん》にも無《な》かつたあの木《き》にね、
ほら、あの垣根《かきね》の上《うへ》の変《へん》な木《き》にね、
見《み》たまへ、あんなに沢山《たくさん》ぶら下《さが》つてゐるよ、
黄《き》いろい小《ちい》さなぴらぴらの花《はな》が。

それから知《し》らなかつたけれど、
ほら、見《み》たまへ、
この垣根《かきね》のとげとげの木《き》にね、
こんなに沢山白《たくさんしろ》い花《はな》が咲《さ》いてゐるよ、
こんな処《ところ》にかくれて。

それよりか、ほら、こつちに、
この土手《どて》を見《み》たまへ、
ずゐぶん出たたね、やあ何《なん》だろ、
どうしてこんなに一時《いちどき》に、
小《ちひ》さな葉《は》つぱが生《は》えるんだろ。

この詩は一九二六年（大正一五年）二月に制作された。『をぢさんの詩』では「カタバミの実」、「約束」に続いて五番目に置かれている。内容と共にルビの振り方から、これも文字を習い始めた学童初期の児童を意識して書かれていることが分かる。

作者の目線の低さはどうであろう。作者はここで、植物名をしたり顔で教えるようなことはしない。大人が、日常の生活の中では振り向くことのない当然事を無心に見つめ、初めて自然の植物に出会った驚きと喜びを、心を開け放った幼子と同じ心で語るのである。そして、自然の中で自然と共に生きること、植物の偉ぶらない静的な、しかし着実な成長を学ぶことをさりげなく伝えるのである。

我々が知らない宇宙の奥深い神秘は、さりげない小さな植物の隅々にまで宿っている。そのことを「見たまへ」という言葉で意識を向かせ、臨場感を与えることにより、読者はこの詩を読みながら、家の庭や路上、川向こうの樹木などに目を移すであろう。

「どうしてこんなに一時に、／小さな葉つぱが生えるんだろ。」という問いかけに対しては様々な答はあっても、生命の神秘を遍く説明できる言葉は無いはずである。読者は、我々が自然の中で生き、そして生かされていることを感ずるのである。

○

これらの三つの詩は、作者の作品群の中で、もちろん秀作に入るようなものではないかも知れない。しかし、大正の末から昭和の初期、祖国が世界恐慌により経済的な危機に瀕し、戦争へと傾斜して行く中で書かれ、大東亜戦争中、再び拾われたことの意味は軽くないであろう。この何気なさの中に、作者の最も原点となるものが含まれると考えられる。逆に言えば、祖国も、天皇も、父母も逆にこのような幼児の次元から発し、また解釈される。彼が父や家や欧米への留学による祖国との関係で苦悶したことも、全てが原点に戻って清められたような精神状況を、彼はこのような詩を書く時に持つことができたのであろう。

これらの詩が、昭和一八年出版の『をぢさんの詩』に収録されていることを踏まえて読み返すと、一息つくことも難しい己と国家の様相の中で、ひととき幼年に戻って戯れている詩人の姿が見えてくるのである。その喜びは、決して皆が手を叩いて喜び合うようなことではない。遠いところでしか体験できないものでもない。大人であれば、当たり前のこととして通り過ぎてしまう家の周りの「カタバミ」という小さな植物の前に詩人は腰をおろしてその実をはじいてはしゃぎ、むかごの蔓に語りかけ、路ばたの木や土手の草に生命の神秘を発見して近くにいる子供に語りかける。そうせずには、いられないのである。これもまた光太郎の魂から発せられた真摯な想いなのである。

自らも詩を書いてきた身として感ずるのは、以上の三編の詩は、作者が幼年時代に周りから十分に愛された体験無くしては生まれないであろうということである。

そこにあるのは、愛されている環境の中で安堵しながらのびのびと生きる幼児の無防備さ無邪気さである。それは冬が過ぎ去って、草木が芽を出してこれから伸びんとする時の爽やかで暖かい生気に満ちた大気に通じている。

子供の生活の中での尊皇愛国

岡庭昇は戦争期の光太郎について「むしろ戦争詩において『成熟』した詩人」(『高村光太郎』・「人と作品」ほるぷ出版)という評価を下している数少ない研究者の一人である。「むしろ戦争詩において、光太郎は生き生きとした姿を見せている。格調高く、理念的で、いかにも光太郎らしい世界を展開しているといえる。光太郎の不幸は戦争詩を書いたことにあるのではなくて、そこで光太郎らしさを生かしきったという逆説にあるのではないか」(『光太郎と朔太郎』・「反逆のおわり」)と論じているが、著者も共感するところがある。光太郎が精神を探求し表現した詩人であるとすれば、戦争期のものは、彼の精神の典型で輝きを放っている。皇軍必勝の理念の下、常よりも短期間に多作であったが為にその作品に優劣はあるが、作品群全体を眺めた際にこれを低く評価するには当たらない。

前置きが長くなったが、次に実際の光太郎のそうした詩を取り上げて論じてみたい。『をぢさんの詩』に収められている幼年詩でも、次のような日常の生活の中で、尊皇愛国をさりげなく謳ったものがある。

こどもの報告《ほうこく》

一

めがさめる、とびおきる。
晴《は》れても降つても、一二三。
朝《あさ》のつめたい水《みづ》のきよさよ。
こころも、からだも、はつらつ。
お父《とう》さま、お早《はや》うございます。
お母《かあ》さま、お早《はや》うございます。
みんなもお早《はや》う。
テテチー　テテチー
テタテ　チト　テタタ　ター

かしこきあたりを直立遙拝《ちょくりつえうはい》。
それからご飯《はん》だ、ああうれし。
かうしてぼくらのその日《ひ》がはじまる。
その日《ひ》がはじまる。

二

日《ひ》がくれる、戸《と》をしめる。
勝《か》つても負《ま》けても、ヂヤンケンポン。
夜《よる》のたのしい、うちのまとゐよ。
こころも、からだも、のびのび。
お父《とう》さま、おやすみなさいませ。
お母《かあ》さま、おやすみなさいませ。
みんなもおやすみ。
タタタタ　タテタテ　チー。
チテチテ　タテタト　ター。
お国《くに》のまもりへ直立敬礼《ちょくりつけいれい》。

それからお寝《ね》まき、ああらくだ。
かうしてぼくらのその日《ひ》がをはるよ。
その日《ひ》がをはるよ。

この詩は一九三八年（昭和一三年）一二月に作られ、翌年一月に『報知新聞』と『大毎小学生新聞』に掲載された。そして、「日本国民歌」六として箕作秋吉が作曲、二月十一日の紀元節に軍人会館で発表会が催されている。そう考えると、詩というより歌詞であると考えた方がいいかも知れない。『をぢさんの詩』の中では、「さくら」、「軍艦旗」に続いて三番目に置かれており、すでに述べた「カタバミの実」、「約束」、「路ばた」の前である。

一番、二番ともに、ラッパ音が入っている。一番のラッパ音は、ラッパ譜「君が代」の後半、二番のラッパ音は、「消灯」を知らせるものである。

この詩について、光太郎は、

…いつそ子供のうたを書かうと思ひ、たとへば誰か他国人などに会つて、僕たちは斯ういふ朝夕を送つてゐるのだといふやうな事を歌ふ意味のものを書かうと思ひ、自分の子供の時の事を思ひうかべたり、自分が子供のつもりになつてみたり、又は子供が斯うであればいいと思つたりしながら作詞にかかつた。

とその詩がごく自然な子供心の発露から出来上がったものであるとしている。「自分の子供の時の事を思ひうかべ」るとは郷愁的な回想であり、「自分が子供のつもりにな」るとは、子供との心情的同一化であり、「子供が斯うであればいいと思」うとは、子供に対する年長者からの未来への期待と希望であると言っていい。

結果として出来たものが、「幼児にしてはませてゐるし、高年級の子供にしてはあんまりねんね過ぎる。結局誰にも適せないし、此の歌をうたふやうな場合が見つからない」としているのも、この詩自体が、彼の内からの表出であって、年齢層を考えてそれに合わせるというようなところから成り立っていないということの証左であろう。「ただ、此の歌を生かす場合を一つだけ発見した。それは家庭で母が子供に歌つて聞かせる場合である。つまり母が子供を促して一緒に子供の生活をうたふといふ時より外に此の歌の生かしやうは無さそうだ。大人を通過した子供のうたといふやうな甚だ不思議な性格を持つた歌になつた」（「身辺三題」S14）とは、この詩（童謡）だけでなく、『をぢさんの詩』に収められた幼年期の子供をモチーフとして書かれた詩全体について言えることなのである。

「かしこきあたりを直立遙拝。」、「お国のまもりへ直立敬礼。」とある言葉も、恋闕《れんけつ》の想いと、祖国防衛に当たる兵士への感謝の想いがさりげなく表現されていて好感が持てる。

次に少女をモチーフにした詩を見てみたい。

たのしい少女

或たのしいたのしい大事なものが
わたしの心の奥の方に
世にも大切にお祀りしてあるので、
それでわたしはいつでもこんなに
みんながをかしがるほど元気で、
みんなが不思議がるほどお人よしで、
どんな事にも決してうろたへず、
どんな時にも決してめげずくじけず、
なんにも欲しいとおもはず、
あればあるでいいし、
なければないでいいし、
心が勇んで毎日の勤労にも
勉強にもお手伝にもお食事にも

たとへやうもない張合を感じます。
職場で叱られるのも気持よく、
ひとりの時は尚更胸がせいせいします。
そのたのしいたのしい大事なものを、
申すもおそれ多いことながら、
わたしは　天子様からいただきましたの。

この詩は、一九四四年（昭和十九年）六月作で、翌月『少女の友』に発表された。この詩の制作された月に、米軍がサイパン島に上陸し、またマリアナ沖海戦で、日本海軍は空母・航空機に壊滅的な打撃を受けて、南太平洋の制海権を失ってしまう。また、国内的に、政府は女子挺身隊に関する要綱を決定し、一二〜四〇歳の女子を総動員することになる。

そのことをこの詩は受けて書かれていると考えられる。戦時中賞賛された「滅私奉公」そのままの無欲と奉仕に徹する根本的生き方を示していると言っていい。

しかし、その心は、戦時下にあっても、あまりにも明るい。どうして、このように飛び跳ねるように楽しいのか。詩のモチーフになった少女（細田明子）が、そういう性格だったのであろうが、国のために勤労奉仕するということに作者自身、躍るような想いで向かっていたのであろう。

このような、子供の目を通して書かれる形式の純粋な少年少女詩は、光太郎にあっては大東亜戦争期に入って戦争と何らかの関わりがあって書かれたものが多いように思う。外へ向けて力が噴出しながら、同時に詩人の魂は内に籠るものを必要とする。それが彼にとっての少年少女詩となるのである。実際の戦いが悲惨であるとしても、否、悲惨であることを意識すればするほど、彼は、より純粋で美しく貴いものをモチーフに詩を書こうとする。

この詩では、少女の日常を表すのに「心が勇んで毎日の勤労にも／勉強にもお手伝にもお食事にも」といった対句を幾度も重ねることによって、戦時下の日常でありながら、主人公の少女の心の高揚を見事に描き出し、健康な汗のにじんだ聡明な額、高調した淡い紅色の肌が見えるようである。

光太郎によって、国家や天皇が謳歌される時、そこに女性、とりわけ若い女性、可愛く純真で、力なき汚れをしらぬ少女がその表現の媒介にされること、その媒介となるものが光太郎の赤心だということになるであろう。

ただ、少年と少女では詩人の向かい方は違っているのであって、同じ道を論ずるにも『道程』と『智恵子抄』との違いが、ここにも出ていると言っていい。

第3章 敗戦期の光太郎

祖国敗戦という現実

高村光太郎は敗戦の年、一九四五年（昭和二十年）四月に、空襲により駒込のアトリエを消失し、五月に岩手の花巻の宮沢賢治弟清六の招きにより疎開することになる。しかし、八月十日に宮沢家で再び戦災に遭い、五日後、一五日には敗戦を迎えたのであった。光太郎にとって、その生涯における最大の挫折と転期は、人生の後半のこの敗戦によってもたらされたと言っていいであろう。

これは、日本人にとっても、史上初めて迎える最大の挫折であり、最大の転期であったであろう。この敗戦を光太郎は、どのように捉えたのであろう。まずは、そこから見ていきたい。

敗戦の衝撃―「一億の号泣」を中心として―

光太郎には、敗戦の詔勅を聴いた時の衝撃とその時の想いについて、簡潔ではあるが見事な描写をした詩作品がある。

一億の号泣

綸言一たび出でて一億号泣す
昭和二十年八月十五日正午
われ岩手花巻町の鎮守
鳥谷崎《とやがさき》神社社務所の畳に両手をつきて
天上はるかに流れ来《きた》る
玉音《ぎょくいん》の低きとどろきに五体をうたる
五体わななきてとどめあへず
玉音ひびき終りて又音なし
この時無声の号泣国土に起り
普天の一億ひとしく
宸極に向つてひれ伏せるを知る
微臣恐惶ほとんど失語す
ただ眼《まなこ》を凝らしてこの事実に直接し
苟も寸毫の曖昧模糊をゆるさざらん

鋼鉄の武器を失へる時
精神の武器おのづから強からんとす
真と美と到らざるなき我等が未来の文化こそ
必ずこの号泣を母胎としてその形相を孕まん

この詩は、一九四五年（昭和二〇年）八月一六日の午前に制作され、翌日の『朝日新聞』に掲載された。現在、田中舘貢橋編曲として、曲がついて出回っており、歌でこの詩を知ったという著者である私の友人も何人かいる。

まずは、イデオロギー的な価値を除外してこの詩を鑑賞してみよう。「綸言一たび出でて一億号泣す」という簡潔な一行から始まり、この行が全体を象徴的に掩っている。敗戦の玉音放送を聴く光太郎は「畳に両手をつき」一臣民としてその厳格な姿にいささかの揺るぎも感じさせない。「天上はるかに流れ来る／玉音《ぎょくいん》の低きとどろきに五体をうたる／五体わななきてとどめあへず／玉音ひびき終りて又音なし」とは、象徴的な書き方であるがその静寂で崇高な臨場感は、読む者をしてそのわずかの曇りも介さない精神の純化を示し、神聖な場へと誘う。天皇を現人神と仰ぐ姿勢なればこそ、玉音を「天上はるかに流」れる神の声として、また「低きとどろき」として戴くことができたのである。「この時無声の号泣国土に起り／普天の一億ひとしく／宸極に向つてひれ伏せるを知る」とは、その岩手の地にあっても、大君を戴いた全国民がその報の前に痛憤と悲嘆の感情を一様に共有したことを、的確に表現して余さない。

戦時下で自己の生命をも捧げようと決意していた光太郎であったが、この大きな国家的挫折の前にも、その忠君愛国の至誠の心情において一丸となっているという国民の意識は不滅であると感ぜられたに相違ない。

それ故に、彼は最後の四行において希望を語ることを失わなかったのである。「鋼鉄の武器を失へる時／精神の武器おのづから強からんとす」と、彼はむしろ昂然として涙にぬれた顔を上げる。「道程」や「冬が来た」、「冬の言葉」等の一連の冬の詩で、その孤高で厳格、そして澄明な精神を謳った彼の本領はここに発揮されている。敗北は圧倒的物量の優劣による結果であり、精神の敗北ではない――そう考える時、この厳格で気高い精神の詩人は、これから連合軍による占領によって生じる苦難をも正面から受け止めようと決心していたに相違ない。日本が聖戦を多くの国民の生命を犠牲にしてまで貫徹したことは、その根源的精神と方向性において、いささかの謬りもなかったと考えたからである。

この詩について「戦後においてもなお戦争意識をとどめた詩を書いた詩人は光太郎以外には居なかった」（『高村光太郎の世界』一六三頁）という請川利夫の評価は、間違っていないであろうが、こういうものを戦争意識だとすれば、光太郎の内部には青春時代からその意識は燻っていた。

内的煩悶と自我と社会との格闘ということを取り上げれば、初期から晩年に至るまで、光太郎は戦争状態にあった。彼は「猛獣編」と呼ばれる一連の詩群において、社会の不条理の中で身もだえし、呻吟しながらも、精神の孤高と純化を謳ったのであって、大東亜戦争勃発を前後して、その想いは国家の運命に収斂《しゅうれん》されているのである。

「一億の号泣」について、少年時代より光太郎の詩の精神世界に共鳴していた吉本隆明は、「わずかではあるが、わたしは、はじめて高村光太郎に違和感をおぼえた。」と書いている。

わたしがもっていた天皇観念は、高村と似たりよったりであった。わたしには、終りの四行が問題だった。わたしが徹底的に衝撃をうけ、生きることも死ぬこともできない精神状態に堕ちこんだとき、「鋼鉄の武器を失へる時／精神の武器おのづから強からんとす／真と美と到らざるなき我等が未来の文化こそ／必ずこの号泣を母胎としてその形相を孕まん」という希望的なコトバを見出せる精神構造が、合点がゆかなかったのである。高村もまた、戦争に全霊をかけぬくせに便乗した口舌の徒にすぎなかったのではないか。あるいは、じぶんが死ととりかえっこのつもりで懸命に考えこんだことなど、高村にとっては、一部分にすぎなかったのではないか。わたしは、この詩人を理解したつもりだったが、この詩人にはじぶんなどの全く知らない世界があって、そこから戦争をかんがえていたのではないか。

（『高村光太郎』・「敗戦期」）

この吉本の言葉には共鳴できるが、敗戦後に全国民の決意を固める上で力とならねばならぬと思って書いたこの詩が朝日新聞に掲載される時、光太郎がその中に女々しい姿を見せなかったのは当然である。聖戦の帰結は死か勝利であり敗北ではないと考えていた若い文学青年と光太郎の心情はさほど違ってはいなかったであろう、しかし、老いたこの詩人は敗戦を迎えて挫折と虚脱を全身に感じながらも、一方で根源に立ち返って捲土重来する祖国の姿を思い描いていたのである。

『朝日新聞社史』によると、八月一五日は玉音放送があるということでそれを待って記事にすることにし、朝刊が午後に発送されたというが、その二面にはすでに「玉砂利握りしめつゝ宮城を拝したゞ涙嗚・胸底抉る八年の戦ひ」の記事が見える。玉音放送を聴く民衆の姿を描いたものであることは、言わずもがなのことであるが、その記事の最後は「一記者謹記」として次のように締めくくられている。

日本人、あゝわれら日本人、上に万世一系、一天万乗の大君の在します限り、われらの心は一つ、如何なる苦しみにも耐へぬき、いつかの日、けふこの日の歴史の曇りを拭ひ去り浄め掃ひ、三千年の歴史を再び光輝あるものたらしめるであらう、天皇陛下には畏くも「茲ニ国体ヲ護持シ得テ忠良ナル爾臣民ノ赤誠ニ信倚シ」と仰せられてゐる、あゝ聖上を暗き世の御光と仰ぎ、進むことこそ我ら一億の唯一の道ぞ、涙のなか、その喜びに触れて私は「やりませう」と大きな声で叫んだ。

この記者は末常卓郎で、「すぐ社の方に帰ってきたが、感激のあまり筆が執りにくい状態であった」（『朝日新聞社史　大正・昭和戦前編』）と伝えられている。

また、八月一六日付の朝日新聞第二面のトップにある「二重橋前に赤子の群／立上がる日本民族／苦難突破の声」の内容は次のようなものであった。

……あゝけふこの日、このやうな天皇陛下の御言葉を聴かうとは誰が想像してゐたであらう。戦争は勝てる。国民の一人一人があらん限りの力を出し尽せば、大東亜戦争は必ず勝てる。さう思ひ、さう信じて、この人達はきのふまで空襲も怖れずに戦つて来たのである。それがこんなことになつた。あれだけ長い間苦しみを苦しみとせず耐へ抜いてきた戦ひであつた。

泣けるのは当然である。群衆の中から歌声が流れはじめた。「海ゆかば」の歌である。一人が歌ひはじめると、すべての者が泣きじやくりながらこれに唱和した。「大君の辺にこそ死なめかへりみはせじ」この歌声もまた大内山へと流れて行つた。またちがつた歌声が右の方から起こつた。「君が代」である。歌はまたみんなに唱和された。あゝ、天皇陛下の御耳に届き参らせたであらうか。

天皇陛下、お許し下さい。

天皇陛下！悲痛な叫びがあちこちから聞えた。一人の青年が起ち上つて、「天皇陛下万歳」

とあらん限りの声をふりしぼつて奉唱した。群衆の後の方でまた「天皇陛下万歳」の声が起つた。将校と学生であつた。

土下座の群衆は立ち去らうともしなかつた。歌つては泣き泣いてはまた歌つた。通勤時間に、この群衆は二重橋前を埋め尽してゐた。けふもあすもこの国民の声は続くであらう。あすもあさつても「海ゆかば…」は歌ひつゞけられるであらう。民族の声である。大御心を奉戴し、苦難の生活に突進せんとする民草の声である。日本民族は敗れはしなかつた。

実際、戦争遂行の道義の正しさを疑わなかったが故に、祖国の敗北を知った日本人は、それを兵器と物量の不足に帰して、国家的精神の敗北であるとは思わなかったのである。

花巻病院長であった佐藤隆房は、玉音放送を聴く光太郎の姿を振り返って次のように記している。

昌さんは先生と連れ立って十二時近く神社に行きました。定刻をたがえず天皇の声が電波にのりました。そこに居ったものはこの他二、三人の人だけでした。国防色の粗末な服を着た先生は、両手を畳の上について、又とない敬虔な姿で玉音をきき終り、無言で静かに立って神社を出ました。「一億の号泣」という詩はこの時に生まれたものと思われます。

（『高村光太郎 山居七年』・「山口山」）

なるほど、偉大な詩は感銘的な場に遭遇した場合、詩神のわずかな囁きによっても、詩人を介して瞬時にできあがるものである。ただ、光太郎がこの新聞がとどいたであろう一六日の朝に、「一億の号泣」を書いたということを考えると、この記事を見たはずであり、見たとすれば共鳴し啓発されたはずである。そして朝日新聞の「日本民族は敗れはしなかつた。」という精神の崇高さの維持を、詩によって同紙の次の日の紙面で同様に力説したとも考えられる。

○

敗戦時の光太郎の姿勢は一九二六年（大正一五年）一二月作の詩「火星が出てゐる」の中の次のような一連からも窺うことができる。

要するにどうすればいいか、といふ問は、／折角たどつた思索の道を初にかへす。／要するにどうでもいいのか。／否、否、無限大に否。／待つがいい、さうして第一の力を以て、／そんな問に急ぐお前の弱さを滅ぼすがいい。／予約された結果を思ふのは卑しい。／正しい原因に生きる事、／それのみが浄い。／お前の心を更にゆすぶり返す為には、／もう一度頭を高くあげて、／この寝静まつた暗い駒込台の真上に光る／あの大きな、まつかな星を見るがいい。

実際、己の生き方の根源を自問自答するこの詩は、敗戦にあって今度は、日本民族の現実的問題として降りかかってきたのである。ここで「予約された結果」とは勝敗、ここでは敗戦であり、天上に輝く「火星」は天皇の玉音であった。光太郎が、敗戦の衝撃に「五体をうた」れながら、昂然と額を上げて（「もう一度頭を高くあげて」）いられるのは、敗戦に至るまでの日本の道程が「正しい原因に生きる」という彼の原理原則から外れていないという確信があったからである。

自己流謫という名の生活

高村光太郎は一九四五年（昭和二〇年）八月の敗戦後、その年の一〇月には花巻郊外の山間に鉱山小屋を移築して、農耕中心の独居自炊の生活を始める。その生活を七年に亘って行い、戦争に協力した自己の責任を攻め続けた。己の戦争への挺身が国家的錯誤への荷担であったと考え、己の生涯を振り返って、一九四七年（昭和二二年）に詩二〇編からなる連詩「暗愚小伝」を発表する。

光太郎は、留学から帰った頃は「根付の国」（M43）のように、祖国に対しては揶揄する傾向が強かった。しかし、心のうちでは生粋の明治人であったことを弟の豊周《とよちか》が回想し、

日露戦争がはじまったのも研究科の時代で、兄は日露戦争はひと事みたいだったと言っているが、あれはあとでつとめてそんなことを言っているのだと僕は思っている。実際はそんなものではなかった。全く生きるか死ぬかで、今の人の想像以上に大変なものだった。

と書き、光雲については、

父の考え方は、いわば純粋な国粋主義で、心から天子様やお国を大切に思い、一介の仏師の徒弟であった自分がここまで来られたのは、みな天子様のお蔭だと本当に信じていた。

（『定本光太郎回想』・「渡米まで」）

と回想している。

なおこの節の名を「自己流謫という名の生活」にしたが、そもそも流謫《るたく》とは島流しなど遠方に罪があって流されることを意味する。私から見れば、光太郎に対して不的確な命名であると言えるが、彼自身「ブランデンブルグ」（S22）という詩の中で、「おれは自己流謫のこの山に根を張つて／おれの錬金術を究尽する。」と書いていることからそう名付けた次第である。しかし、流謫そのものの意味が、光太郎には当たらないことは、再度はっきりして置きたい。

ここでは、まず一九五〇年（昭和二五年）二月作の次の詩を見てみたい。

愚劣の典型

典型

今日も愚直な雪がふり
小屋はつんぼのやうに黙りこむ。
小屋にゐるのは一つの典型、

一つの愚劣の典型だ。
三代を貫く特殊国の
特殊の倫理に鍛へられて、
内に反逆の鷲の翼を抱きながら
いたましい強引の爪をといで
みづから風切の自力をへし折り、
六十年の鉄の網に蓋はれて、
端坐粛服、
まことをつくして唯一つの倫理に生きた
降りやまぬ雪のやうに愚直な生きもの。
今放たれて翼を伸ばし、
かなしいおのれの真実を見て、
三列の羽さへ失ひ、
眼に暗緑の盲点をちらつかせ、
四方の壁の崩れた廃墟に
それでも静かに息をして

ただ前方の広漠に向ふといふ
さういふ一つの愚劣の典型。
典型を容れる山の小屋、
小屋を埋める愚直な雪、
雪は降らねばならぬやうに降り、
一切をかぶせて降りにふる。

完全なる自己批判、自己否定であると言っていいかも知れない。「百合がにほふ」は、祖国の戦争へと進んでいく大いなる前途に対して自己の使命を思い静かに端座する姿が感じられるが、この詩は、そうした自分の過去を「一つの愚劣の典型」として静かに見つめて否定する。マスコミも文学者も本人が反省するのだから、そして自分らも光太郎に罪があると思うのだからということで、文字通りに首肯した。『高村光太郎全集』の編纂者である北川太一氏は、当時の光太郎の綴った詩群二〇編を軸にして、次のように彼の身の振り方について記している。

戦い敗れたあと、新しい文化創造の意欲に燃えて企てられた積年の夢、山林独居のなかで迎えた零下十六度、星影凍る苛烈な最初の冬が促したのは、ここに至る自らの歩みの痛切な反芻に他ならない。時に自己流謫という言葉さえ吐きだされたのもそんな中でだ。人は光太郎の言葉に、山居そのものを、ただ戦争期に犯した自らの過ちの贖罪の営みとし、過去の光太郎詩に傾倒した人々も、それぞれの期待に背くこの詩群に、失望を隠さなかった。しかし、この詩群が語るものは、鮮烈な洗礼を受けた近代の人間の、いまも、これからも、つねに力を尽くして捜し求めねばならない、執拗な問いかけを持つ。

（『詩稿「暗愚小伝」高村光太郎』あとがき）

正直のところ、このような敗戦後の光太郎についての評価を私は否定するものではない。自分の詩によって人々が戦意を高揚させ、そして戦死したという現実に真摯に向かい合ったということは正しいであろう。「まことをつくして唯一つの倫理に生きた／降りやまぬ雪のやうに愚直な生きもの。」と彼自身が述べているそのものであり、頭の下がるところである。

光太郎は、自らの戦争責任を認め、慣れぬ農作業を中心とした厳しい生活を自らに課して耐えに耐えた。後の國安芳雄との対談「心境を語る」（S27・10）によると、冬は「吹雪のときには手箒を枕元に置いておいて、寝ながら襟を払う」というほどに、小屋の中には容赦なく雪が入り込んで積もるという暖房も満足にない厳しい寒さ、山の下に住まいがあるため夏場には、布団はべとべと、「まるで水にくるまつているような」というほど湿気が多く、回りにはマムシがうようよいた。

光太郎の持病である結核は悪化し、軽い動きをしただけで血を吐くまでになった。藤内宇内は

「ちよつと労働すると血を吐く、東京から訪ねてくる人があつて気を使うと帰つたあとで血を吐く、夏は少し外をあるいても血を吐く、という話をよくきかされた。」と書いている。（草野心平編『高村光太郎と智恵子』・「高村さんの一断面」）

東京のアトリエが空襲で焼け、宮沢家の誘いに応じて疎開してすぐに、光太郎は大量の喀血をし、一時人事不省に陥っている。そうした不全な体調で、光太郎は七年間山小屋から動かなかったのである。自己の人生に正面から向き合う誠実さがそこにある。戦時中は、戦争を賛美し、敗戦後はそ知らぬ顔で平和主義者づらをした詩人達とは、人としての格が違うのである。

しかしながら、大東亜戦争（太平洋戦争）が、実際には東亜解放という歴史的な意義を実際に有していたことを知れば、光太郎の戦時中の詩や身の振り方が、ただ単に「愚劣」というひとことで片付けられるようなものではないはずである。ある意味、正確に情況を判断し、正しく述べ、正しく行動しているのである。

そう考えるが故に、光太郎が大東亜戦争を、特に開戦に当たってどのように捉えていたのか、今一度振り返って見ていきたい。時間的に遡ることになるが、敗戦後に書かれた詩に「真珠湾の日」がある。言うまでもなく、一九四一年（昭和一六年）一二月八日の、日本の海軍の奇襲の日のことを示している。

真珠湾の日

宣戦布告よりもさきに聞いたのは
ハワイ辺で戦があつたといふことだ。
つひに太平洋で戦ふのだ。
詔勅をきいて身ぶるひした。
この容易ならぬ瞬間に
私の頭脳はランビキにかけられ、
昨日は遠い昔となり、
遠い昔が今となった。
天皇あやふし。
ただこの一語が
私の一切を決定した。
子供の時のおぢいさんが、
父が母がそこに居た。
少年の日の家の雲霧が

部屋一ぱいに立ちこめた。
私の耳は祖先の声でみたされ、
陛下が、陛下がと
あへぐ意識は眩《めくるめ》いた。
身をすてるほか今はない。
陛下をまもらう。
詩をすてて詩を書かう。
記録を書かう。
同胞の荒廃を出来れば防がう。
私はその夜木星の大きく光る駒込台で
ただしんけんにさう思ひつめた。

この詩は一九四七年（昭和二二年）六月に清書され、翌月に筑摩書房の雑誌『展望』に発表された。この詩は「暗愚小伝」全二〇編に入っているが、この二〇編全てがこの雑誌の一九号に一度に掲載されたのである。

ここで自分を「暗愚」と規定した光太郎は、戦争に協力するようになっていった自己を、幼年時代にまで遡って批判を加えている。そこには、自分の育てられた近代を代表する偉大な彫刻家高村光雲の「家」での律儀な尊皇愛国の精神が窺える。「土下座（憲法発布）」では、幼年時代、雪道に土下座して明治天皇をお迎えしたこと。「ちょんまげ」では、禁廷さま（天皇）の命令だからと、ちょんまげを切った祖父の話。「御前彫刻」では、父親が天皇の御前で技を披露する前の家庭での切迫した雰囲気。「楠公銅像」では木型を天皇の御前で披露した際の父親の切腹覚悟の切迫さなど、詩としての完成度は高くないものの、誠実で崇高な精神が漲っている作品群であるといっていい。

しかし、これらの詩を見るときに、見逃してはならないことがある。敗戦によって日本はGHQの占領下にあって、厳しい言論統制の下に置かれていたということである。

戦前の日本的精神の香りのする記事はことごとくチェックを受けて削られ、出版社は戦々恐々としていた、そのただ中で出されたのである。一編ずつ詩を発表していては、様々な批判が集まり、中断してしまう可能性が高かった。また、尊皇愛国を鼓舞するような発言が禁止されているときに、それを書くことはできない。それ故、二〇編一度に発表し、自らを「暗愚」と規定した上で、その言動を振り返ろうとしたのであろう。だが、恐らく、光太郎は、自ら筆を曲げてまで書こうとはしていない。彼の一生を通しての詩作の姿勢を見るときに、いつ何時も必ず自分の思いを正直に表明しているからである。そうでないものは、彼は詩として認めなかったし、発表しようとは思わなかったであろう。つまり、彼は、実際に自分を「暗愚」と思ったからそう名付けたのである。また、「暗愚」と規定しなければ、「暗愚小伝」を活字にすることはできにくかった。だから、出版社もその命名を止めはしなかったのである。

ただ、どの詩を見ても、過去の事実の羅列のような表現が気にならないこともない。この詩を見ても、内容的には大いに発憤していた様子が書かれているが、凛と張りつめた空気は感じないのである。「ランビキ」は、江戸時代の酒を蒸留する器具で、酒類を入れて下から熱して蒸気を冷やして水滴にして外に逃す。つまり、それに頭脳がかけられたということは、高熱の蒸気の高いアルコールに酩酊して、正常ではなくなったことを意味するであろう。しかし、そうではなかったはずである。彼は戦時中も常に理性を失わず正気であり続けた。ただ、非常時にあっては、誰でも必死になって事態を正常な状態に取り戻そうとする。彼も、そうしただけである。

ここで、「一切を決定した」まず第一に守るべき対象は、祖国でも国民でもなく、「天皇」であったことに、注目したい。「天皇あやふし。」ということも、意味としてはその通りであったであろう。しかし、この部分も彼らしくない。天皇に敬語を使っていないのである。「陛下をまもらう。」も、彼らしくない。「陛下をおまもりしよう。」であろう。そのように、言うべきことは書いて、それを敬語ではあえて綴らないというのが、この詩および「暗愚小伝」全編の特色である。「詩をすてて詩を書かう。」とは、本来「詩」と呼んできたものとは異質のものを書こうとする意であろうし、戦火で焼失した原稿にそういう詩が多くあったという。

しかし、この時は、そう書かざるを得ないところに光太郎は追い詰められていたのである。ただ、「同胞の荒廃を出来れば防がう。」という熱意は、敗戦に到るまで、正確には臨終に到るまで続いたと言える。そういう点で、表現は充分ではないが、書くべきことは書いているという詩なのである。

一九四六年（昭和二一年）三月一五日付けの茨城県取手市宮崎稔宛ての手紙に、

…「展望」は何でひつかかつたのか不審です。此頃詩人間で小生を大いにやつつけてゐる由、むしろ気持よく思ひます。十分にやるほう方がいいと思ひます。小生はやはりどしどし詩を書きます。発表の如何はともかくの事です。…

と記していることからして、「展望」に掲載された何がしかの文が検閲に引っかかったのであろう。「発表の如何はともかく」とあるのは、自分の作品も発表できるかどうか疑問であったのであろう。また、自分の戦争責任が問題視され、非難されている中で、それを甘んじて受けて詩作を続けようという態度もはっきりと出ていることが印象的である。しかし、戦時中と比べると、敗戦後の詩作の数は、格段に少ないものとなっていった。戦争責任を問われ、自己否定を余儀なくされる中、厳重な検閲があって、やはり想いは湧いても思ったように書けなかったのであろう。

ＧＨＱは敗戦後、一九四五年（昭和二〇年）八月三〇日に光太郎が詩部会の会長を務めていた

「日本文学報国会」を解散させ、さらに一と月もたたない九月一〇日に、「言論及び新聞の自由に関する覚書」を発表し、同時に検閲を開始。間を置くことなくそれを徹底させていく。文部省より中等学校以下の教科書から、戦時教材を省略・削除するように通達があり、いわゆる墨塗り教科書が産まれるきっかけとなるのが、九月二〇日である。一〇月九日には、東京五大新聞の記事の事前検閲が始まった。

翌年一月には、天皇の神格化を否定する詔書（天皇の人間宣言）が出され、公職追放が始まり、特に超国家主義団体と目されたところは、解散司令を受けた。すべて、戦時中にやってきた光太郎の活動とそれに関係する組織や団体の否定である。

○

次に、「暗愚小伝」の中に、「一億の号泣」を書いた終戦の日と、それからの心情の推移を綴った詩があるので見ていきたい。

終戦

すつかりきれいにアトリエが焼けて、
私は奥州花巻に来た。

そこであのラヂオをきいた。
私は端座してふるへてゐた。
日本はつひに赤裸となり、
人心は落ちて底をついた。
占領軍に飢餓を救はれ、
わづかに亡滅を免れてゐる。
その時天皇はみづから進んで、
われ現人神《あらひとがみ》にあらずと説かれた。
日を重ねるに従つて、
私の眼からは梁《うつばり》が取れ、
いつのまにか六十年の重荷は消えた。
再びおぢいさんも父も母も
遠い涅槃の座にかへり、
私は大きく息をついた。
不思議なほどの脱却のあとに
ただ人たるの愛がある。

雨過天青の青磁いろが
廓然とした心ににほふ。
いま悠々たる無一物に
私は荒涼の美を満喫する。

光太郎は実に正直に自分の心の推移を描いているように見える。実際に彼の想いが枉《ま》げられて記されているとは思わない。しかし、すでに述べたように言論統制が徹底して行われている情況下だということを忘れてはならないであろう。

彼の真情の片鱗は「日本はつひに赤裸となり、／人心は落ちて底をついた。」と記してあることで窺われるであろう。終戦（敗戦）によって、新しき良き時代が到来したと喜んでいるわけではないのである。彼は敗戦という現実と向かい合った時も「一億の号泣」に見るように、未来への希望を失うことはなかった。言論統制によって、多くの国民と共に、日本軍の悪逆に代表される報道を一方的に信じ込まざるを得なくなり、「日を重ねるに従つて、」次第に追い詰められていったのである。であるから、占領軍によって救われたのは「心」ではなく「飢餓」でしかないのである。

「六十年の重荷」とあるが、それを彼は敗戦後、煩わしいものとして降ろそうとしていたとは思われない。それは「暗愚小伝」の他の作品を見ても言えることである。「不思議なほどの脱卻のあとに／ただ人たるの愛がある。」とあるが、「人たるの愛」しか他には残らないほどの「脱却」だったのである。それは言葉の綾《あや》というものであるが、望んでいたものではなかったし、そう表現せざるを得なかったのである。

江藤淳は、検閲が事前検閲から事後検閲に変化したことによって、検閲の意図が実に巧みに刷り込まれ、徹底したのだと説明している。

事後検閲の場合には完成した出版物を提出して検閲を受けることになっていたので、いったん不許可となり、または削除を命じられた場合の出版社側の商業的損害は少なくなかった。ここから自主検閲の慣行が生じ、不許可になりそうな箇所をあらかじめ出版者側で削除して、ＣＣＤの事後検閲に備えるようになった…

事後検閲とは、検閲基準をタブーとして被検閲者の内面に定着させようとする心理操作にほかならないのである。

※（『落葉の掃き寄せ・一九四六年憲法―その拘束』「一九四六年憲法―その拘束・補遺」）

これは、「暗愚小伝」が発表された年に当たる。

山村のささやかな歓び

しかし、山間に独居している光太郎は必ずしも孤独ではなかった。近所や遠方から訪問客は次々に訪れ、手紙も少なからず舞い込む。そして、村の人々との触れ合いの中で、山口小学校に楽器や図書などを寄贈し、頼まれれば講演者として村の集まりや学校での集会で話し、サンタクロースとなって現れる光太郎は、その土地での最高の知識人として尊敬され、子供達からも慕われる。ここで描かれる少女も、戦時中とは異なり、国家とも都会とも離れた山間に棲む純朴な魂として現れるのである。

山の少女

山の少女はりすのやうに
夜明けといつしよにとび出して
篭にいつぱい栗をとる。
どこか知らない林の奥で
あけびをもぎつて甘露をすする。
やまなしの実をがりがりかじる。

山の少女は霧にかくれて
金茸銀茸むらさきしめぢ、
どうかすると馬喰茸《ばくらうだけ》まで見つけてくる。
さういふ少女も秋十月は野良に出て
紺のサルぺに白手拭、
手に研ぎたての鎌を持つて
母《がが》ちやや兄《あんこ》にどなられながら
稗を刈つたり粟を刈る。
山の少女は山を恋ふ。
きらりと光る鎌を引いて
遠くにあをい早池峯山《はやちねさん》が
ときどきそつと見たくなる。

この詩は一九四九年（昭和二四年）七月作。同年一〇月に『少女の友』に原題「鎌を持つ少女」として発表されたものである。

一九四五年（昭和二〇年）九月一二日付けの友人水野葉舟宛の書簡には、次のように書かれている。

子供等を何とかして純粋に聡明に育てなければ日本の今後があやぶまれます。又昔の状態に逆戻りするのでは情けない事ですから是非とも心ある者の努力が必要です。日本の所々方々に小さな、しかし善い中心が無数に出来て、ほんとのよい生活がはじまらなければなりません。無理でなく又せつかちでなく、地味に、かくれた努力が必要です。これまでのやうな所謂文化でない、真の日本文化が高く築かるべきです。大地と密接な関係を持ち、自己の生存を自己の責任とする営みの上に築かれる至高の文化こそ望ましいものと考へます。

戦前の思想を根底から覆さなければならなくなった時、しかも、それまでの自分自身の行動と国民に対する責任を、自他共に重い物として考えた時、多くの日本人が捉えた以上に、挫折感は大きかったはずである。しかし、その中でかろうじて彼を支えたのは、山野の中にあって原始から息づく農民の感覚であったと言ってよいのではないか。そこには、自分自身の幼児期からの思想形成を完全に否定的なものとしては捉え得なかった彼の姿も窺うことが出来る。戦時中の絶対的天皇は、近代以前の素朴な土着信仰の対象へと戻り、国民はそれぞれの個に帰る。その思想を包む総体としての東北の山野が存在するのである。

「山の少女」の中には、近代日本の国民のしがらみであった忠君愛国のスローガンはもはや存在しない。そして、戦時中に軍部の聖戦論を信じ、少年少女と同化して詩を書いた作者が、敗戦によってその支えを失った時、彼の人生に対する前向きな生真面目さが当然ながらたどり着いた境地として描き出されているのである。彼は、自分の立つ位置について「自然に在るのは空間ばかりだ。／時間は人間の発明だ。／音楽が人間の発明であるやうに。」（「ヨタカ」S23・8）、「過去も遠く未来も遠い」（「山林」・「暗愚小伝」）と記す。大自然の中にあって、自分をも含めた人間の進歩に対する懐疑と、同時にそれを達観し見つめる心境とが彼を包む。これが、彼が晩年になって初めて知った魂の安堵なのである。

しかし、「山の少女」に描かれた少女が、農村のありふれた少女に材を取りながら、彼の青年時代から存在する神秘的なイマージュから隔たっていないことも確かである。「どこか知らない林の奥」や「霧にかくれて」といった、少女の一人遊びの設定は、初期の詩編や早池峰の麓で伝承された『遠野物語』のような幻想性を内に秘めているのである。秋の農作業の時期には、稲刈りの仕事の手伝いをさせられながらも、少女の魂は北上山系の最高峰である霊山「早池峰」に帰ることを欲する。作者はその魔性に魅かれるのである。

戦争期の少年詩は、光太郎にとって、必死の伴った多忙の中でのひとときの安らぎであったが、ここにおいて、作者は生涯においてある意味で初めての安らぎを覚える。『智恵子抄』についても、「徹頭徹尾くるしく悲しい詩集」（詩集『智恵子その後』S25あとがき）であったと書く彼にとって、智恵子との生活も自己の美と理想をかざしての、現実生活との戦いだったのである。東北の片田舎にあって、「この山間に日本最高文化の部落を築くつもりでゐます」（「宮崎丈二宛はがき」昭和二〇年八月二三日」）と手紙に綴った光太郎であるが、そこには精神の勇躍は見られない。そこにあるのは、自分の生涯を静かに振り返りながら、地域の教育に携わろうとする好々爺の姿である。

お祝のことば

あのかはいらしい分教場が急に育つて
たうとう山口にも小学校ができました。
教室二つの分教場が大講堂にかはり、
別に新らしい教室が三つもでき上りました。
部落の人々と開拓の人々とが力を合せて
こんなに早く学校を建てました。
みんなが時間と資材と労力と、
もつと大きい熱意といふものとを持ち寄つて
この夢の実現を果しました。

（中略）

山口小学校は名実ともに立派にでき上りました。
西山の太田村山関といふ小さな人間集団が
これで世間並の教育機関を持つのです。
小学校の教育は大学の教育よりも大切です。
本当の人間の根源をつくるからです。
部落の人も開拓の人もそれをよく知つてゐると思ひます。
異常な熱意がこの西山の一寒村にたぎつてゐます。
狐やまむしの跳梁する山関部落が
世界の山関部落とならないとはいへません。
私は大きな夢をたのしみます。
かはいい山口小学校の生徒さん達の上に
私の夢は大きくのびて遊びます。
おめでたうございます。
一歩前進、
いよいよ山口小学校ができました。

この詩は一九四八年（昭和二三年）十二月二日制作。その翌日、光太郎はこの山口小学校落成開校式で自ら朗読し、記念式芸能会では、サンタクロースに扮して登場する。その時の写真を見ると、子供たちに挟まれ嬉々としている彼の様子が伝わってくる。同校に送った書額には「正直親切」の文字が書かれていた。

光太郎は七年間の山小屋生活の後、十和田湖畔の裸婦像制作のために帰京し、その四年後に他界するが、山口小学校や山口小学校の時に光太郎と接してきて太田中学校に進学していた子供達は、訃報を聞き、その時の想いを作文に書いている。ここでは、光太郎の記憶をはっきりと持っている中学生の作文をいくつか取り上げてみたい。

二年　寺沢登代子

……あの四月二日に死んだというでんぽうがキヨさんの家にきたとき私はただおどろくばかりだつた。でも先生が死んだからつてくじけてはいけないのだ。かえつて今までよりも、正直親切をわすれないで、正しくまもつていかねばならぬのだ、先生はえらい人なのに、私たちが住む山の中に来てくらした先生、先生が東京に行くといつた年私たち山口の生徒と、先生と、一しよに写真をとつた。何だかわからなかつたけれどもなみだがでそうになつた。そして私たち中学一年生の時の春先生は帰ると、話を聞いたが先生はとうとう見えられないままなくなられてなみだがつきません。
やさしくてりつぱだつた先生。

※

二年　駿河キヨ

四月二日の朝、何気なしに、ラジオのスイッチをひねつて見ると、突然ほんとうに高村先生が、なくなられたと、報じているのを聞いて、びつくりして終いました。私は、夢ではないかと思いました。家の人達もびつくりして、しばらくは、声も出ない有様でした。父は「とうとうなくなられたか、惜しい人がなくなられたもんだ。本当に好い人だつたのに、ああ云う人が、ほんとの偉い人と云うものだ。誰にでも親切にそうして、分けへだてなくつき合つてくれた、惜しい惜しい」と、何べんも言つておりました。……

私達は、高村先生がいつまでも、いつまでも、山口に居てくれればいいと思いました。けれども、高村先生の小屋の前が開墾でだんだん、木がきられたりして、昔の山口野のおもかげがなくなると、高村先生は、もつと山おくにはいりたいと云つて、部落の大人達を心配させました。家の父も高村先生の家の西の、はんの木を売つてくれと人が云つて来ても、あれは、高村先生がとても気にいつた林だから、売る事は、出きないと云つて断つたのをおぼえて居ます。

ある時は、私達子供の使う田舎の言葉をきいて、それは、何う言う事かと、くわしく意味をきかれ、そしてそれを、一々ノートにとつて居られた事もありました。

けれども、生きていた当時の先生の姿にあいますとだまつて居ても何となしに心のあたたまるような、冬のさむい日には、日なたぼつこしている様な先生の心は、いつまでも、いつまでも、私達の心に残る事でしよう。

今も大日のあの小屋の前に立つと、何だか小屋の中で、コホンコホン、と、せきのするあのロイドメガネを、かけた先生が居る様な気がします。

※

三年　高橋正美

四月一日の夜僕は、高村先生のゆめをみた。そうして四月二日朝、僕は山口小学校で、高村先生がなくなつたと、きいた。そのとき僕は、むねがどきんとした、それから高村先生のことをいろ〳〵思い出した、あのひげがたくさん、あたまには、しらがかたくさん、まるで頭に雪がのつたようであつた、心はやさしく、頭が良く、また十二月三日の、山口小学校の学芸会には、ふくろにたくさん、おかしが入つて生徒みんなにくれた。あのおかしのうまいこと、そうして音楽につかうがつきを、かつてくれた、僕は先生がかつてくれた、ハーモニカを学芸会のときふいた、だが、あのときは先生がいなかつた、先生が東京にいかれて、おしごとをしているときであつたから、おしかつた。

先生が東京にいつたとき、職業の時間に先生のにわを、そうじをしていたとき、きつねが一ぴき山からおりて前へ走つていつた。そのときまで、目の前にうかんだ。やつぱり先生がいないとさびしくてなりません。でも先生の家がのこつているから、僕はだまつて家をながめながら、いろいろ目の前にうつつた、山口小学校という学校は、高村先生のおかげで、こんなりつぱな、学校になつた、ほんとうにかなしいことです。先生はこの世をさりてしまつたのだ。太田中学校にのこつている、心はいつでも美しく、毎日なにかを発見する、というのがのこつている。山口小学校には、正直親切というのがのこつている。僕はそれをいつも思いだしながら、いろ〱考えるのだ、先生が、この世さりても、おしえて下さつたことをまもり、良い生活をしていきたいと思います。

（草野心平編『高村光太郎と智恵子』・「私たちと高村先生」）

小学校時代に光太郎に親しく接し、その生前の思い出を書いている子供達が、学校の先生に言われてお世辞でこのような文を書いているのでないことは誰の目にも明らかであろう。その具体的な内容から、光太郎の生活ぶりや、学校の教師も児童生徒も含めて村の老若男女全ての人々が光太郎を尊敬し慕っていたことが手に取るように分かるのである。

実際、彼は一生を通して自分自身に対して正直であり、その正直さを周囲に及ぼすのが、彼の親切心であった。その正直さが、彼をして一心に戦争協力をさせたということは言えるであろう。しかし、そのことで光太郎にマイナスの評価をすることは著者である私はしない。もしも、そこにマイナスの評価を加えるとしても、多くの文学者が戦争に対しての責任を、自己に対して問うこともなく、さらにその事実を自らの責任回避のために抹殺しようとし、他の責任を追及することによって、自らの安全を守ろうとしたことに比すれば、彼は敗戦後も、自分自身の内なる格率に対しあくまでも忠実であり続けたのである。いかに戦時中の言動を批判されようと、光太郎は、自己を弁護するようなことはせず、正面からそれを受け止めた。彼において、社会の平和、秩序は、自分自身の前向きな、厳しい内省に基づき、それが社会に可及的に拡がるところに達成されるという「猛獣編」において記された意識は、生涯において貫かれたのである。

光太郎が山口で作った詩は、孤独で峻厳で、それでいて温かく、太古の民を想わせる彼の生活に感銘を受けるところがある。山口小学校も当時は児童の数が多く、賑やかであったことが想像される。辺りは今よりもはるかに鬱蒼とした林の中、夏はひどい湿気、冬は連日の猛烈な寒波に見舞われ、彼の死期を早めたことは否めないであろうが、彼の詩神が魂の桃源郷を求め続け、それが山口の風景と重なって描かれるところ、私は平成の現在も彼の世界に魅了され続けるのである。

変わらぬ尊皇愛国の想い

また、智恵子の死を光太郎の戦争への傾斜と結びつける発言は今でも研究者の中で一般的であり、私もその全てを否定するわけではないが、幼い頃より彼の中に流れている尊皇愛国の精神を今少し評価していかなくてはならないと思う。

吉本隆明は、

天皇（制）に戦争責任はなく、天皇（制）の名をかりて、残虐をおこない、侵略をおこなった官僚権力、軍隊に責任があるというところに社会的問題は転化されたのである。高村は、自分の意識のなかをおおった天皇にたいして自省をくわえずに、天皇を担いだ自己意識の退化に批判をくわえておわった。（『高村光太郎』・「戦後期」）

と書いたが、この敗戦後の光太郎の態度は、当然といえば当然であった。

なぜならば、「暗愚小伝」の中で、戦争期の自分の態度を幼少からの体験から追憶的に語って確認し、自分を暗愚と規定したとしても、自分を形成した「尊皇愛国」の想いが根本的に謬りであったとは、考えられなかったし、そう考えねばならぬ理由などなかったのである。

むしろ、岩手の山中にあって静かに「自己流謫」の境涯に甘んじながら、新年には小屋の前に旗を立て、日の丸の旗を立てようと思ふ。／わたくしの日の丸は原稿用紙。／原稿紙の裏表へポスタア・カラアで／あかいまんまるを描くだけだ。／それをのりで棒のさきにはり、／入口のつもった雪にさすだけだ。／（以下略）（「この年」S24・12）

といった素朴な愛国心を抱き続けた彼の姿勢こそ、評価されるべきではないのか。

また、吉本が述べる「自分の意識のなかをおおった天皇」がいかに継続していたか、それが分かる一例として、一九五〇年（昭和二五年）十一月、「豚の頭を食う会」に招かれた際の酒宴の席での次のような姿が記述されている。

　益々まわってきた先生は南の方に向かい両手を畳について

「高山彦九郎ここにあり、はるかに皇居を拝す。」

と大声をあげ、巨体を前に伏しました。団十郎の声音を真似たのでしょう。酔余の余興ではありましたが、座は粛然となりました。（『高村光太郎 山居七年』）

光太郎が、酒の入った席での座興であれ、心にもないことを人前で口にするような気質でないことは確かである。実際、男女の交際に世間がうるさかった時代に、『智恵子抄』に見えるように、普通ならば心の内に秘めて外に出さない恋心も、詩に書いて全国民に披瀝している。言い換えれば、彼は、心の内にあることは、何でも正直に開陳せずにはおられない気質なのである。「その時天皇はみづから進んで、／われ現人神にあらずと説かれた。／日を重ねるに従つて、／私の眼からは梁が取れ、／いつのまにか六十年の重荷は消えた。」（「終戦」）と書いたのは昭和二二年のことである。天皇の神格が否定され、自らは戦争責任を追及され、その尊皇の心情に対しても問いただされる中にあって、敗戦後五年を経てなお、ただ一人になっても「醜《しこ》の御楯《みたて》」として、皇上の為に挺身せんとする気概が内に滾《たぎ》っていたのである。そして、酒の席でのその姿が偽りのない心情の奔出であることを村人達が知ったからこそ、「座は粛然」となったのである。

そうした姿に、一生を通じて不変であった彼の「正直一途」さを感じるのは私だけではあるまい。

晩年の光太郎についてのエピソードとして、奥平英雄は次のようなことを記録している。

光太郎と愛について語ったとき、彼は、

「愛とは、愛することだよ。愛されることではないよ」と語った。そして私がひとの裏切りについて語ったとき、彼は、

「たとえ一人のひとに裏切られたとしても、人類への信頼と愛とを捨ててはならないよ」

といった。（『晩年の高村光太郎』一七八頁）

このように語る光太郎と、尊皇愛国と東亜解放を高らかに謳った光太郎とは、相矛盾しない。それどころか、彼の愛国詩や戦争詩の中にこそ、普遍の愛が厳然と示されているのである。

湧き上がった戦争責任論

戦争責任を問う諸々の論

すでに述べてきたように、光太郎は大東亜戦争中、文学報国会詩部会の部長として活動することにより、文学者として積極的な戦争への協力姿勢を示し、聖戦と必勝を信じて、自らも多くの愛国詩・戦争詩を創作した。そして、敗戦後、文学者の戦争責任が論議される中で、厳しい批判を各所から受けることになる。それは、どういうものだったのであろうか。

例を挙げるとすれば、小田切秀雄の批判は、次のようなものである。

…断崖から転がり落ちるような、目のくらむような早さでこの詩人は侵略権力のメガフォンに堕ちていった。「大いなる日に」（昭和一七年刊）という詩集はこの汚辱の記録である。…もとより彼は「正直一途なお正月」と歌つたように、彼自身正直一途であつた。意識して嘘偽を並べる詩人は韻律による支えを得ることが出来ない。だが、正直一途であつたためにかえつて人民の敵を讃美し擁護するに至つたこの愚しさ。人民から遊離した生活を送つて来て、しかも理性を以てではなく情感を以て時代を把握するというにとゞまる詩人が、おのずと辿らねばならない歴史の悲劇がこれである。…「正直一途」の光太郎によつて詩人たちは自己の堕落への最大の誘惑と弁解とを得たのであった。多くの詩人の中で高村光太郎は、直接人民に対して戦争責任の最も大なるものがあるばかりでなく、詩人全体の堕落に対して最高責任をとるべき人物である。「第一級」たるゆえんである。

（「高村光太郎の戦争責任」／『文学時評』S21・1）

しかし、著者の見る限り、愛国詩・戦争詩の登場の仕方は光太郎のそれまでの詩との断絶を意味しない。開戦前に小田切秀雄が光太郎の詩を賛美した時点で、光太郎は既に戦争詩を書いているのである。例えば、「レモン哀歌」は、「軍艦旗」の二日前に、小田切が「いずれもそのはげしさときびしさにおいてそれ以前のものといさゝかも変らず、かえつてその純度をましている」（「日本近代文学の古典期」S16・10）と賞賛した「猛獣篇」の中の、「森のゴリラ」、「潮を吹く鯨」は、亜細亜を支える日本の地政学的役割を謳歌した「地理の書」の一と月前に執筆されているのである。光太郎の場合、戦争詩の執筆がそのまま、彼自身の詩価値の堕落へと通ずるという程には単純なものではないように思うのである。

小田切秀雄の「高村光太郎の戦争責任」の他、敗戦後数年間で、光太郎を糾弾する声は、文学関係者の中から次々と上がった。中でも壺井繁治は、とりわけ厳しく光太郎の戦時の責任のみならず、戦後の身の振り方にまで言及して糾弾した。

彼は詩人として受けた自己の悲劇と誤謬をなほ悟らず、相変らずの詩（「週刊朝日」および「潮流」）を発表してゐるが、それらの詩には最早詩人としての高村光太郎の代りに、一人の反動的な俗物に成り下つた高村光太郎以外何者をも見出すことが出来ぬ。

（「高村光太郎」／『文藝春秋』S21・4）

それから二年を経ても、壺井は、「高村光太郎―『暗愚小伝』を中心として」（一九四八・一）において、

高村光太郎は、戦争中、あの野蛮な侵略戦争を最も積極的に支持し、讃美した詩人の一人であることは周知の事実であるが、彼がロマン・ローランなどと深い思想的なつながりをもったヒューマニストであると一般から考えられていただけあって、彼の戦争への傾斜は意外とするところであった。（『文芸読本高村光太郎』河出書房・S54）

と書いている。

また、「暗愚小伝」については、秋山清の、

……幼い日の父祖とのつながりが唯思い出としてのみ描かれるところに、思い出としてのみの真実がとりあげられているところに、一つの疑問符をつけておく。……

……高村光太郎がたゞ反省しているとは思わない。本音を吐いた、或いはこれは居直りではないか、とさえ疑つている。……（「高村光太郎の〝暗愚〟について」／『コスモス』S22・12）

といった追い討ちをかけるような批判も出た。これに対して、

戦争中の私生活において、高村さんのごとく純粋高潔に生き抜いた人間は無からう。……戦争讃美のごとく映つたのは、猛獣詩篇の中にひそむ野性的な馴致されざる牙の高鳴りだつたのである。（小森盛「壺井氏の論難─戦時中の高村さんに就て」／『野生』S22・6）

という反論も出た。

それらの入り乱れる評に対して決定打を与えたのが、吉本隆明である。彼は、敗戦後、戦争に関わらなかった詩人として光太郎の戦争責任を追及する側に立ったはずの壺井繁治が、実際は日本軍のシンガポール占領を詩「指の旅」の中で、部屋の中、世界地図を眺め、「こころ躍らせつつ」地図上に南を向けて指の旅をし、「おお、シンガポール／おお、わが支配下の昭南島／マレーの突端に高く日章旗は翻りつつ／太平洋の島々に呼びかける」と書いた事実があること。また、国の非常時に当たって供出される家庭の南部鉄瓶に対し「われらの軍艦のため、不壊の鋼鉄艦となれ！／お前の肌に落下する無数の敵弾を悉くはじき返せ！」（『辻詩集』）と謳った詩「鉄瓶に寄せる歌」と、敗戦後に平穏な家庭生活の象徴として描かれた南部鉄瓶を謳った「鉄瓶のうた」が「意識的にか無意識的にか、おなじ発想でかかれ、その間に戦争がはさまっているという事実」を見つめ、「極論すれば、壺井には、転向の問題も、戦争責任の問題もなく、いわば、時代とともに流れてゆく一個の庶民の姿があるだけである」と書いた。そして、吉本はさらに、光太郎の

「十二月八日」をからめて「むしろ高村が出生としての庶民の意識を徹底的につきつめたところに、このような戦争理念があらわれたのであって、庶民がえりという点で、ほとんどすべての詩人たちは、おなじ問題をまぬがれえなかったのである。」（「前時代の詩人たち」／吉本隆明・武井昭夫『文学者の戦争責任』・『高村光太郎』「戦争期」）と論じている。

ただ、吉本は、「ほとんどすべての詩人たち」が、戦後に手の平を返したような責任のすり替えをしたことを明らかにしたが、戦後の民主主義を肯定することに一貫していた。それは、戦争に踏み込んだのは日本が悪かったからだとする東京裁判史観の肯定である。

戦後を越えるもの

東京裁判でA級戦犯容疑で判決を受けた東条英機等二五名の無罪を徹頭徹尾主張したインドのパル判事は、これは文明の名を借りた戦勝国の敗戦国に対する一方的な復讐裁判であったと主張した。例えば、日本軍によるアジア諸国への侵略を裁くとするならば、日本に先駆けてアジア・アフリカへ侵略した欧米列強もまた裁かれねばならず、大東亜戦争（太平洋戦争）における日本軍の非戦闘員の虐殺を裁くならば、ソ連の一方的な日ソ不可侵条約の破棄による満州での虐殺、アメリカ合衆国の原爆投下は当然裁かれねばならぬ性質のものであるとしたのである。これをそのまま認めれば、東京裁判のような論理で、世界平和が築かれようはずはないことは、歴然としている。

パル判事は、日本軍によるアジア諸地域の虐殺や強姦などが無かったというのではない。要は二五人の被告のうち、誰一人として国際法に違反するような一般人虐殺を命じたものがいないということであった。彼は、次のように述べている。

今次戦争についていえば、真珠湾攻撃の直前に米国国務省が日本政府に送ったものとおなじような通牒を受取った場合、モナコ王国やルクセンブルグ大公国でさえも合衆国にたいして戈をとって起ちあがったであろう。(『共同研究パル判決書』(下)・四四一頁)

もし非戦闘員の生命財産の無差別破壊というものが、いまだに戦争において違法であるならば、太平洋戦争においては、この原子爆弾使用の決定が、一次世界大戦中におけるドイツ皇帝の指令および第二次世界大戦中におけるナチス指導者たちの指令に近似した唯一のものであることを示すだけで、本官の現在の目的のためには十分である。このようなものを現在の被告の所為には見出しえないのである。(同　右　五九二頁)

例えば、日本にも原子爆弾製造の研究が進められていた事実があり、もしも日本が早くに原爆を製造開発していたならば、合衆国に対して使用していた可能性もあったと言えるかも知れないし、その点からパル判事の論を衝くこともできるのかも知れない。しかし、東京裁判で、そのこても踏まえた上で、戦いでの勝敗を越えて対等にその犯罪性が問われているかと言えば、そうではないのである。

竹内好は、日本・中国を含めた東洋と、それと対立する概念としての西洋（ヨーロッパ）を比較し、「東洋の近代は、ヨオロッパの強制の結果である、あるいは、結果から導き出されたものである」とし、ヨーロッパに「東洋への侵入を必然にする根源的なものがあった」（『近代の超克』・「近代とは何か」）と歴史的運動性に、欧米からもたらされた東洋の秩序破壊と混乱を意味づけているようである。

さらに、昭和三九年刊の林房雄の『大東亜戦争肯定論』は、大東亜戦争の要因は欧米列強のアジア政策に帰せられるとするものである。十九世紀中期から猖獗《しょうけつ》を極めた帝国主義と名付けられた欧米のアジア、アフリカへの一方的侵略にその要因を求めるこの著作は、有色人種国家の中で日本は最も有力な反撃をなしたのであるとする。

私は『大東亜戦争（太平洋戦争）は百年戦争の終結であった』と考える。……それは今から百年前に始まり、百年間戦われて終結した戦争であった。

（『大東亜戦争肯定論』・「大東亜戦争」）

とは、この著作の根幹となる部分である。

高村光太郎を論じた書誌の中にも『大東亜戦争肯定論』について触れた大島徳丸の次のような

文がある。光太郎が生涯において最大の挫折を嘗めたこの戦争をどう解釈するかが、彼を評価する上で重要なメルクマールとなるのであえて引用する。

　あの後（注、本文で論じた後）、いろいろな書物、記録を検討した結果、林の熱意、努力にもかかわらず、私には到底あの肯定論にはくみし得ないという結論に達した。無暴《ママ》な戦争であった。愚劣な戦争であったと私は思う。茂吉、光太郎が青年時代に経験した日露戦争とは本質的に異なり、単なる植民地争奪戦争にすぎなかったのではないかと、私も思う。

（『茂吉・光太郎の戦後』二二八頁）

　しかし、無謀さにおいては日露戦争も同様であったはずである。日露戦争で幸運であったのはアメリカ合衆国という有力な仲介者がいたからであり、逆に大東亜戦争で不運だったのは、日本が仲介者として最も期待していたソビエト連邦が日ソ不可侵条約を一方的に破棄して満州に軍を進め、多くの一般民衆を含めた日本人を虐殺したことである。

　この著者にあっては、「日露戦争」は、親の代の出来事であり、「大東亜戦争」は、自分が壮年期に経験した生々しい体験であるために、自分の情感を離れては客観的に論じられぬということではなかろうか。

○

　敗戦後五〇年ばかりを経るうちに、次第に東京裁判・日本国憲法・戦後民主主義のタブーが破られ、今日その成立過程の当否と価値の存在をめぐって、少しずつ論議がなされるようになってきた。

敗戦後の諸改革、特に国民の大東亜戦争に至るまでの自国の近代史、現代史に対して、占領期に大衆意識の中に罪意識がどのように植えつけられ現在に至っているかを研究している高橋史朗は、次のように述べている。

そもそも対日占領政策の起点は、一九四一年八月の「英米共同宣言」に端を発する連合軍の対日処理構想に求めることができる。この宣言は従来の戦後処理構想とは異なり、安全保障制度が永久的に確立されるまで「武装解除」を行うというものであった。

さらに、一九四三年一月のカサブランカ会議において、この「武装解除」構想を一歩進め、「無条件降伏」という新しい占領方式によって、敵国の「邪悪な思想」を除去し、「哲学の破《は》砕《さい》」すなわち〝精神的武装解除〟を行うことを明らかにした。

カサブランカ声明でいう「邪悪な思想」とは、ドイツのナチス、イタリアのファシズム、日本の超国家主義を指していた。占領軍はこの「邪悪な思想」が日本の文化・伝統に根ざしたものととらえ、検閲などによって徹底的に排除しようとした。

そして、「各層の日本人に、彼らの敗北と戦争に関する罪」などを「周知徹底せしめる」（昭和二十年十月二日付一般命令第四号）ために、「ウォー・ギルト・インフォーメーション・

プログラム」を実施したのである。（『検証・戦後教育』一三頁）

日本の国民が知らぬ処で、実に巧妙に精神の洗脳が実施されていったのである。そのシンドロームが未だに日本のマスコミ界、教育界に根を下ろしていることは、全く明らかであり、そういう歴史的な事実が流れようとすると、現在の日本人自体が躍起になって隠蔽しようとする傾向があるのも否めない事実である。

江藤淳は、昭和二〇年九月に四八時間の発行停止処分を受けた朝日新聞が様々な圧力を受け、同月二九日の最高司令官指令によって、新聞の強制転向が完了し「日本の新聞は日本政府の手からもぎとられ、いわば治外法権に等しい位置におかれることになった。そして、その代償として、無謬かつ絶対的な連合軍最高司令部にのみ、百パーセントの忠誠を要求されることになった。」（『忘れたことと忘れさせられたこと』八五頁）と述べる。また、江藤は、「ポツダム宣言を正確に読め」において、「ポツダム宣言を受諾した結果『無条件降伏』したのは、『全日本国軍隊』であって日本国ではなかった」（同　右・二二一頁）と、日本国政府が無条件降伏したという虚構が連合軍による検閲によって捏造されたことを、朝日新聞を中心とした敗戦直後の資料調査によって論証している。現在でも多くの国民が日本が無条件降伏をしたように信じているが、実際にはそうではないことを彼は力説する。実際、ポツダム宣言は一三項目より成り立っているが、第五項目めに「吾等の条件は、左の如し」と書かれ、「無条件降伏」という文言はその一三項目めに「吾等は、日本国政府が直に全日本国軍隊の無条件降伏を宣言し、且右行動に於ける同政府の誠意に付適当且充分なる保障を提供せんことを同政府に対し要求す。右以外の日本国の選択は、迅速且完全なる壊滅あるのみとす。」と記され、それ以外ポツダム宣言内に「無条件降伏」の文言は見当たらないのである。

横手一彦は、戦時中の軍の統制下での言論統制と敗戦後のGHQによる言論統制を歴史的連続性として捉え「一九四〇年代の文学は、〝抑圧と解放〟ではなく例言すれば〝抑圧と拘束〟の中にあった。」（『被占領下の文学に関する基礎的研究・論考編』一二一頁）とする。

例えば、敗戦の年、九月一九日に連合軍より日本政府に出された「プレスコード」には「四、連合国占領軍に対する破壊的批評及び軍隊の不信若くは憤激を招く惧のある何事も為さざるべし。」「五、連合軍部隊の動静に関しては公式に発表せられたるもの以外は発表又は論議せざるべし。」とあり、検閲によって削られた記事の中には「○連合国の政策を非難するが如きもの。」「○戦争責任の判定に影響を及すが如き記事。」「○戦争責任問題に関し、無反省な言辞を弄せるもの。」「○日本の過去の戦争を正当なりとする言説。」「○戦争犯罪人を弁護或ひは賞揚するが如き感じを与へる記事。」「○わが国を神の国なりとするが如き記事。」などとともに、「○米兵の暴行事件（事実の有無を問はず不可である）。」「○米兵の私行に関して面白からざる印象を与へるもの。」（『朝日新聞社史・昭和戦後編』二七〜三一頁）などが見られ、連合軍は一兵に至るまで、正義を標榜する存在であることを力で強調させたのである。

そのために、ＣＣＤ（民間検閲支隊）がＧＨＱの下に設けられた。そこでは、多くの日本人が公にされることなく秘密裏に雇用され、刊行物を一行ずつ丹念にチェックしていた。「検閲担当将校二〇〇名程、日系二世などの軍属二〇〇名程、日本人雇用延べ五〇〇〇名前後」（前出『被占領下の文学に関する基礎的研究・論考編』三四頁）とある。

ここには、戦中の日本軍と表裏一体の言論統制があると言えよう。戦時中は、政府の行政や軍部の戦争遂行にたいしての批判を取り締まるという消極的な傾向を持った検閲であり、敗戦後は日本人に戦時中の罪悪意識を植え付け、日本を弱体化させる方向に持って行くという、むしろ、積極的な変革を進めるための検閲であったと言えるであろう。この検閲の中で「大東亜戦争」は「太平洋戦争」と呼称が変更された。この呼称の変化自体が、アメリカを中心とする連合軍の行為が正義となり日本軍の行為が悪と断定されることを象徴的に示していた。光太郎の詩を含め、被占領期間に公刊されたものを見るときに注意しなければならないのは、徹底した検閲がかかっているということである。占領下の書物にマッカーサーや連合軍への賞賛や戦前の日本人の劣性や軍部の悪逆が書かれていたとしても、書き手の本心であるとは限らない。

○

日本においては東亜解放の理念のもとに進められた大東亜戦争は、聖戦として一般的には受け止められたが、侵略的な側面を全く有していなかったとは言えぬのかも知れない。しかし、日本政府の国際政治の力学とは別に、終始一貫してアジア解放の為に尽力した頭山満や大川周明のような大アジア主義を立てて行動した一般に言う右翼グループも見落としてはならないであろう。

現在、必要なのは、大東亜戦争を日本罪悪論的視点を離れて、マクロ的視点によって分析、検証をし直すことなのである。

蒋介石についての二つの詩

―「沈思せよ蒋先生」と「蒋先生に慙謝す」の二詩から―

光太郎の愛国詩や祖国の聖戦を謳った戦争詩といったジャンルのものを取り上げると、彼の七百数十編の詩の内、三割というかなりの量を占めるのではないだろうか。そうした詩は大東亜戦争に祖国が突入することによって他のジャンルの詩を圧してとりわけ多くなり、敗戦を迎えて少しして終わる。少しして終わったというのは、すでに述べたように、祖国の敗戦は、はじめ物量での敗戦として捉え、彼の中で精神面での戦いは継続していたと彼の詩を見て言えるからである。それから、占領下の言論統制の下、「暗愚小伝」を代表とする彼の人生を暗愚と規定し振り返る詩も、少なからず書かれるようになる。

今回は、それらを代表するものとして大東亜戦争の最中、昭和一七年一月に制作された「沈思せよ蒋先生」と敗戦後、昭和二二年九月に制作された「蒋先生に慙謝す」を取り上げたい。なぜなら、これらの二詩は、彼の戦争への理念がこれほど明確に変貌したことを伝える詩はない象徴的な作品だからである。蒋介石という一個人に対して呼びかけるという形式を取っている点でも、彼の赤裸な感情の変化を捉えることができる。

日本では好印象を持たれ、日本の恩人として語られることが多い蒋介石であるが、ここでは、まず、百科事典レベルの、彼のごく簡単な略歴を記しておきたい。

蒋介石《しょうかいせき》（一八八七〜一九七五）中華民国の政治家、軍人。中華民国総統、中国国民党総裁。若き頃、日本に留学して軍事を学び、日本陸軍の将校となる。中国に帰り、孫文の後継者として北伐を行い、中華民国の最高指導者となる。中国共産党を弾圧するが、一九三六年、西安事件で国共合作に合意し、全面的な抗日戦に踏み切る。しかし、日本の敗戦後、再び中国共産党と断交。国共内戦の結果、毛沢東率いる中国共産党に敗れて一九四九年より台湾に移り、大陸支配を願いながら、果たすことなく没した。日本の敗戦の際に「報怨以徳」（怨みに報ゆるに徳を以てす）と中国国民と兵士達に声明を出したことでも知られる。蒋経国は彼の長男、孫文の妻の妹である宋美齢は彼の夫人である。

詩「沈思せよ蒋先生」について

それでは、まずは、大東亜戦争初期に蒋介石について書かれた詩を見ていきたい。

沈思せよ蒋先生

詩の精神は疑はない。
なるほど政治の上では縁が無い。
蒋政権を相手とせずと、
かつて以前の宰相は天下に宣した。
けれどもわたくしは先生によびかける。
心が心によびかけ得るのを
詩の精神は毫末も疑はない。
わたくしはむしろ童子の稚なさに頓着せず、
遠く先生に此の言をおくる。
詩流、礼にならはずである。

先生はいそがし過ぎる。
先生は一人で八方に気を配る。
目前の処理に日も亦足りない。

米英的民主主義が右にゐる。
モスクワ的共産主義が左にゐる。
うしろには華僑が様子をうかがひ、
しかも面前にわが日本の砲火が迫る。
先生は一人でそれに当らうとする。
先生は思想と行きがかりとに憑かれてゐる。
何を為つつあるかをもう一度考へるため、
先生よ、沈思せよ。
この一月の月あかき夜半、
先生は地下の一室に何を画策する。

先生は人中の龍であると人はいふ。
先生の部下である愛すべき青年将校から
わたくしもかつて先生の出処行蔵をきいた。
先生は身を以て新生活の範を垂れ、
人みな先生に服すといふ。

わたくしも亦先生を偉とする者だが、
その先生に過ちが一つある。
抗日といふ執念を先生は何処から得たか。
東亜の強大ならんとするを恐れる輩《やから》、
先生の国をなま殺しにし、
わが日本の力を消耗せしめようとした、
彼等異人種の苦肉の計を思ひたまへ。
兄弟鬩牆に鬩ぐのはまだいいが、
外《ほか》其の務を禦《あなど》ぐべき時、
先生は抗日一本槍に民心を導いた。
抗日思想のあるかぎり、
東亜に平和は来ない。
先生は東亜の平和と共栄とを好まないか。
今でも彼等異人種の手足となつてゐる気か。
わたくしは先生の真意が知りたい。
先生の腹心を披いて見せてもらひたい。

画策にいそぐ時、人はまよふ。
一切を放擲して根源にかへる時、
天理おのづから明らかに現前する。
結局われわれは共に手を取る仲間である。
いくらあがいても、
さうならなければ東亜の倫理が立たない。
わが日本は先生の国を滅ぼすにあらず、
ただ抗日の思想を滅ぼすのみだ。
抗日に執すれば先生も亦滅ぶ。
わが日本はいま米英を撃つ。
米英は東亜の天地に否定された。
彼等の爪牙は破摧される。
先生の国にとつて其は吉か凶か。
先生よ、沈思せよ。

わたくしは童子の稚なさに似た言を吐く。
やむなき思にかられて
ただひたすらに情を抒べるのみだ。
先生に語るべき胸中の氤氳は尽きない。
あり得べくんば長江のあたりへ飛んで、
先生を面責したいのだ。
むしろ多忙の画策をすてて、
沈思せよ、蔣先生。

この詩は一九四二年（昭和一七年）一月十三日夜に制作され、翌月発行の『中央公論』に掲載された。蔣介石の年譜を見ると､その前年、一九四一年（昭和一六年）一二月二二日にアメリカ、イギリス、中国の代表が重慶で三国連合会議を開催し、蔣介石は、米英と共同したアジア全域に亘る戦略を話し合い、明けての一月一日に連合軍共同宣言に調印し、三日には、連合国中国戦区最高司令官に就任している。これにより、蔣介石は、中国、タイ、ベトナムの連合軍の総指揮をすることになった。光太郎がその動きをどこまで知っていたかは定かではないが、この詩は、蔣介石に向かって「沈思せよ」と叫ぶのに、最も時宜を得た時に書かれたと言えるのである。

孫文の弟子で、どちらかと言えば親日的であった南京国民政府の蔣介石は、国内を安定させ、外敵の勢力を挫く意味の「安内攘外」の方針で、民間の支持をとりつけ、勢力を拡大していったが、一九三六年（昭和一一年）の西安事件で張学良によって軟禁され、国共合策・対日抗戦の方向に国民党を転換させることになる。それでも日本軍との宥和的政策をとり続けた蔣介石であったが、さらに翌年起こった蘆溝橋事件により、ついに日中全面戦争への火蓋を切ることになり、同年末に南京は日本軍により陥落させられる。彼は、はじめ共産軍対策に苦慮していた時、ナチス・ドイツから支援を受け、抗日に方針を変えるや、ソビエト連邦、独ソ開戦後は特にアメリカ合衆国の支援を受けて、軍の整備強化を図っていったのである。

この詩で注目すべきは「一切を放擲して根源にかへる時」と、蔣介石に対して語る時、詩集『道程』の根幹をなす自己の哲学を勧めていることである。「正しい原因に生きる事、それのみが浄い」（「火星が出てゐる」T15）と書いているように、日本が日本として、中国が中国としてあるためには、欧米諸国からの東亜解放という原理原則を貫徹しなければならない。

それ故、「先生は抗日一本槍に民心を導いた。／抗日思想のある限り、／東亜に平和は来ない。」と、蔣介石が本来日本と共同して欧米の圧力をはね除けるべきところ、日本にその矛先を向けたことを「あり得べくんば長江のあたりへ飛んで、／先生を面責したいのだ。」と書くのは、彼の誠の心情であり、いささかの慢心も含まれてはいないのである。

「沈思せよ蒋先生」は、読めば分かるように中国への侵略を正当化し扇動する類のものではない。蒋介石の偉大さを認めた上で、そして政治には素人である自分の認識に稚拙さが伴うという事実を確認した上で、共に東亜の平和と秩序回復の為に手を組み、欧米の勢力と戦おうと言うのである。文中、「兄弟牆に鬩ぐ…」は、「兄弟牆《けいていかき》ニ鬩《せめ》ゲドモ、外《そと》其ノ務《あなどり》ヲ禦《ふせ》グ」という、「兄弟喧嘩はしていても、共同して外敵にあたる」ということを勧める。光太郎にとって中国はあくまで日本の兄弟なのである。むろん、国際関係の背後にある政治力学上あるいは軍事バランス上のかけひきや複雑さには透徹し得ないものであるが、光太郎が述べていることに、蒋介石や中国の民を侮蔑するような要素のものは全く見当たらない。ジンゴイズム（好戦的愛国主義）とは全く別のものなのである。

しかし、欧米の援助の背景には、十九世紀前半から始まる東アジアへの侵略の意図がある。イギリスにあってはアヘン戦争として現れ、アメリカ合衆国にしてもクーデターと策謀を以てハワイの併合を成し遂げ、艦砲の武力によって日本に不平等条約を結ばせ、米西戦争の際には、対スペイン戦でアメリカ軍と協力して戦ったリカルテやアギナルド等を裏切って植民地支配をスペインから奪ったに過ぎなかった。対中国支援の背後にはアジア民族支配の策謀がある。それに乗るべきではないと光太郎は警告していると言える。

この光太郎の論旨は、日本人だけでなく、インドにおいてネルー、ガンジーとともに独立運動を推進したチャンドラ＝ボースにも濃厚に見られる。一九四三年（昭和一八年）六月に日本を訪れたボースは声明の中で次のように述べている。

……日本こそは第十九世紀にアジアを襲つた侵略の潮流を食ひ止めんとしたアジアにおける最初の強国であつた、一九〇五年におけるロシアに対する日本の勝利はアジアの出発点であつた、そして印度大衆によつて熱狂的に迎へられたのであつた、アジアの復興にとつては過去において必要であつた如く現在においても強力な日本が必要である、……日本が対支新政策を採用したために今度は印度人は逆に何故蔣介石は日本と和協せんとしないのか、そして何故未だに米英勢力の頤使に甘んじてゐるのかを疑問とするに至つたのである、……

（『朝日新聞』昭和一八年六月二〇日朝刊一面※アレクサンダー・ヴェルト『インド独立にかけたチャンドラ・ボースの生涯』にもこの声明文を見ることができる）

さらにボースは同年一一月の東京で開かれた大東亜会議の帰り、汪精衛（兆銘）の招きに応じて南京に立ち寄り、重慶にいる蔣介石に「東亜の解放は支那、インド両国の統一により完成されるものである」（『毎日新聞』昭和一八年一一月一九日朝刊一面）と、日本との協調路線をとるよう反省を促す声明を出している。

しかし、日本側に非がなかったと言えば極論となる。この詩の冒頭の部分で、「蔣政権を相手とせずと、／かつて以前の宰相は天下に宣した。」とは、一九三八年（昭和一三年）一月一六日に第一次近衛文麿内閣が出した声明である。その前年一一月、近衛内閣は上海事変による戦火拡大を恐れ駐華ドイツ大使トラウトマンを通じて和平工作に乗り出していた。しかし、一二月に南京攻略に成功するや、国民政府を組み敷くのは易いと見る軍部や国民世論の高まりの中で、国民政府からの歩み寄りを逆にはねつけてしまうことになる。これは一時の勝利に酔って戦局を甘く見た失敗であり、日本の奢りが起因していたということは否定できず、日中戦を膠着化させた責任は、日本が負うところも大きいと言える。

詩「蔣先生に慙謝す」について

次に敗戦後に書かれた詩を取り上げて、前詩と比較しながら論じていきたい。

蔣先生に慙謝す

わたくしは曾て先生に一詩を献じた。
真珠湾の日から程ないころ、
平和をはやく取りもどす為には

先生のねばり強い抗日思想が
巌のやうに道をふさいでゐたからだ。
愚かなわたくしは気づかなかつた。
先生の抗日思想の源が
日本の侵略そのものにあるといふことに。
気づかなかつたとも言へないが、
国内に満ちる驕慢の気に
わたくしまでが眼を掩はれ、
満州国の傀儡をいつしらず
心に狎れて是認してゐた。
人口上の自然現象と見るやうな
勝手な見方に麻痺してゐた。

天皇の名に於いて
強引に軍が始めた東亜経営の夢は
つひに多くの自他国民の血を犠牲にし、

あらゆる文化をふみにじり、
さうしてまことに当然ながら
国力つきて疲れ果てた。
侵略軍はみじめに引揚げ、
国内は人心すさんで倫理を失ひ、
民族の野蛮性を世界の前にさらけ出した。
先生の国の内ではたらいた
わが同胞の暴逆むざんな行動を
仔細に知つて驚きあきれ、
わたくしは言葉も無いほど慙ぢおそれた。
日本降伏のあした、
天下に暴を戒められた先生に
面の向けやうもないのである。

わたくしの暗愚は測り知られず、
せまい国内の伝統の力に

盲目の信をかけるのみか、
ただ小児のやうに一を守つて、
真理を索める人類の深い悩みを顧みず、
世界に渦まく思想の轟音にも耳を蒙《つつ》んだ。
事理の究極を押へてゆるがぬ
先生の根づよい自信を洞察せず、
言をほしいままにして詩を献じた。
今わたくしはさういふ自分に自分で愕く。
けちな善意は大局に及ばず、
せまい直言は喜劇に類した。
わたくしは唯心を傾けて先生に慙謝し、
自分の醜を天日の下に曝すほかない。

この詩は一九四七年（昭和二二年）九月に制作され、翌年の二月、『至上律』に掲載された。光太郎はこの詩において、「沈思せよ蔣先生」（S17）での自己の不明を徹底して詫びる。これは、完璧な自己批判であり、自己否定だと言っていい。彼の生涯に亙って徹底した身の振り方から鑑みれば、この詩を書かずには自分の生涯を閉じることもままならぬと言えるほどの止むに止まれぬ内的切迫感を抱きながら書き綴ったに違いない。

光太郎の、花巻郊外太田村における「自己流謫《るたく》」の行為と共に、此の詩は真摯なるが故に一層痛切な響きを読者に与える。「沈思せよ蔣先生」が、肺腑から込み上げる熱情の吐露であるなら、「蔣先生に慙謝す」も、誠心誠意、陳謝と慚愧の心情の表明であったと言ってよいであろう。

「先生の抗日思想の源が／日本の侵略そのものにあるといふことに。／気づかなかつたとも言へないが、／国内に満ちる驕慢の気に／わたくしまでが眼を掩はれ、／満州国の傀儡をいつしらず／心に狎れて是認してゐた。／人口上の自然現象と見るやうな／勝手な見方に麻痺してゐた。」「天皇の名に於いて／強引に軍が始めた東亜経営の夢は／つひに多くの自他国民の血を犠牲にし、／あらゆる文化をふみにじり、／さうしてまことに当然ながら／国力つきて破れ果てた。」と自分の誤っていたことを認め、最後に「わたくしは唯心を傾けて先生に慙謝し、／自分の醜を天日の下に曝すほかない。」と書いたが、これも彼にとって虚飾のない正直な心情であろう。

しかしながら、この詩の内容を検討すれば、彼の謬りとはそのほとんど全てが、祖国の軍の行為に帰せられるものであって、その侵略性に気付かなかった自己の不明を謝していることが分かる。このことは逆にとれば、祖国の軍が光太郎自身が考えていたように中国を含めた東亜の平和の為に、全身全霊その驕りを捨てて邁進していたと宣伝されていたならば、いかに敗戦という現実が厳しいとしても、彼自身は祖国と共に東亜の為に戦ったという矜りを保ち得て、その内的挫折と転換は起こらなかった。少なくともそうした性質のものであったと言えるのである。

しかし、戦時中に書かれた光太郎の愛国詩・戦争詩のどれを取り上げても、他民族に対する尊大さ、侮蔑心はどこにも見られないのと同様、敗戦後の自己反省の姿勢も自分の罪を隠蔽するような虚飾を感じさせるようなものは皆無である。

光太郎をして蔣介石に対して、「蔣先生に慙謝す」の詩を書かしめたのは、「日本降伏のあした、／天下に暴を戒められた」という情報であったことが分かる。ここにおいて、光太郎は、自分と比べ情況判断が的確で、人格的に崇高な（と彼は考えざるを得なかった）蔣介石の前にひれ伏したのである。「事理の究極を押へてゆるが」なかったのが蔣介石なら、自分は狭い見識で身の程を知らぬ「直言」をした「喜劇に類した」行為をした愚か者であると規定したのである。

ここには、「鬼畜米英」、「東亜解放」といったスローガンとともに存在し、盤石のごとき正義と思われていたその理念が百八十度転換したところの「一億総懺悔」「日本罪悪論」を一般世論と同じく信じて語る詩人の姿がある。彼は、この点、小田切的な批判を正面から受け止めたのである。

○

『智恵子抄』には特に智恵子に対して語りかける形式をとった多くの詩が収録されているし、

また、「村山槐多」、「荻原守衛」など、固有名詞のはっきりした詩もいくつかあるが、智恵子を除いて一人の人間を相手に、名指しでこれら二詩のように長く縷々と綴った詩は他にはないのである。

また、これら二詩により、戦時中と敗戦後の光太郎の世界認識とその変化をはっきりと読み取ることができる。

蒋介石の実像

陳潔如著『蒋介石に棄てられた女』（草思社）は彼女の蒋介石との関係を綴った自伝であるが、その「自序」の中で彼女は、「彼のような平凡な人間」と語っている。蒋介石の息子である蒋経国著『わが父を語る』（新人物往来社）の副題は「偉大なる一平凡人の愛と不屈の歳月」であるが、同じ「平凡」でも「人柄や態度がさっぱりして明るく、誰とでもわけ隔てなく接する父」、「大仁、大智、大勇の精神」（「平凡な一人の偉人」）と、父親を英雄視する経国とは、意味は全く異なっている。

蒋介石は、孫文と共に同志である張静江の元を訪れたときに、一三才であった少女の潔如を見初め、嫌がる彼女につきまとい、家まで執拗に押しかけて行って彼女を自分のものにするのに成功したという。しかも、すでに彼はその時に妻を持ち、妾まで持っていた。さらに、自分が梅毒に感染して、完治していないのを知りながら、その新妻と交わり梅毒に感染させてしまう。

極めつけは、孫文夫人の実の妹である宋美齢と結婚するために潔如を言いくるめて米国留学に行かせ、潔如と自分とは夫婦であった過去など全く無かったかのようにマスコミに振舞うという不義理を行ったということであろう。その時の思いを、潔如は深い悲しみの中で語っている。


　私はなんとすでに蒋介石夫人ではなくなっていたのだ。この肩書きは私にとって、もはや物笑いの種でしかなかった。私はさんざん傷つけられ、魂はじゅうぶん苦しめられていた。楽しい気持ちも、落ち着いた気持ちにもなれなかった。私の足は鎖につながれ、首には、私は棄てられた妻、離縁された妻、名前を騙るペテン師と書かれた看板がさげられたかのようであった。…（「棄てられた女」）


この書が出版されるとの情報は、蒋一族を驚かし、「蒋家が陳潔如に二十五万ドルを支払」うことで一旦は出版は見合わされることとなったという。（「訳者あとがき」）

その点、蒋介石は、若き頃はデカダンスの傾向はあったものの、智恵子に会って以降、変わらぬ愛を彼女の死後も貫いた光太郎とは対蹠的な人物であったと言えるであろう。

しかし、そういう私生活の部分は、蒋介石の政治家としての手腕とは別に考えねばならないという反論もあるであろう。

北洋軍閥の巨頭でありながら蔣介石の北伐に協力し、その後蔣介石に反目して一九三〇年に「反蔣連合」を組織して戦い、敗れた馮玉祥《ふうぎょくしょう》は、

兵士たちについていえば空腹でも誰もかまってくれないし、着る物がなくてふるえていても誰も言葉をかけてくれない。兵士たちが病気になり負傷しても医者もいなければ、薬もない、天に叫び地をたたいて訴えても蔣介石はそ知らぬ顔を通した。…蔣介石は民衆の命は草や木同様一文の値打ちもないと見なし、一方では三千万でも八千万でも勝手に人にくれてやったのである。(『我が義弟蔣介石』二八九頁)

※この三千万、八千万というのは、中国の通貨で、三千万元、八千万元のことであろう。この文章のすぐ後に続いて「蔣介石は一人一カ月たった六元の給与しか与えなかった」とある。

…紳・商・学の各団体や婦人団体の人が病院に慰問に来ても、蔣介石の特務が面会を禁止し、負傷兵と話しあうことを禁じた。慰問品は特務連中が片っ端から横取りした。面会できない以上負傷兵を勇気づけたり慰さめたりできるはずがない。(八四頁)

などと憤懣をこの書籍の中で、思うがままにぶつけている。蔣介石が過剰とも思える金を使う時は、自分の不正・汚職に目をつぶらせ、また自分の直属の部下をつなぎ止めるためであり、そのため、他の将軍の率いる隊との間にはっきりとした差別が生じ、怨嗟の声があちこちで絶えなかったという。

抗日戦が日本の敗北という形で終わると、蒋介石の国民党と、毛沢東の共産党は、共通の敵がなくなり、その対立は一九四七年にははっきりとした国共内戦となって現れる。結果、国民党軍は膨大な兵力に膨れあがった共産党軍を支えることができず、一九四九年には、中華人民共和国の成立を見、その年の末には、蒋介石は国民党の首都を台北に移すことになるが、これについても、馮玉祥は激しく、蒋介石個人の罪を訴える。

二年前に内戦がはじまった当初、共産党の軍隊は三十万にすぎなかったのに、蒋介石の軍隊は三百万だった。一年後には、蒋介石の軍隊は二百万に減り、共産党の軍隊は九十万以上になった。いまはどうか？蒋介石の方は増えていないが、共産党の方は二百五十万以上となっている。これは蒋介石が民を損ない、国を損なったため、全国の人びとすべてがかれに反対していることを物語るものではないだろうか。（二九一頁）

馮玉祥は、蒋介石に、正しい政治の在り方を説き、民は国の力の源であり兵士も民であること、兵士や民を愛することを基本にして政治を行わなければならないことを、機会あるたびに繰り返し忠告したという。しかし、蒋介石はほとんど言っていいほど自分を顧みることはなかったと深い憤りをもって回想している。

馮玉祥は、容共的、反日的な視点で一貫して蒋介石を批判している点、その批判に彼の思想的主観が出ているということも考えられぬではない。

それでは、台湾における蔣介石の政治はどのようなものであったのか。一九二七年の台湾生まれで、日本の軍人としての経験もある蔡焜燦《さいこんさん》は次のように語っている。

圧制下、台湾人は、「アメリカは日本に二発の原子爆弾を投下したが、台湾には〝蔣介石を投下した」というブラック・ジョークを陰で語ったものだ。どちらもが無辜の市民を対象にした〝大量虐殺兵器〟であることにはかわりがない。

……

毛沢東の共産党に対抗する自由主義陣営の仲間として、あるいは「戦後の賠償金放棄」や「以徳報怨」なる一言をもって蔣介石を称賛し感謝する日本人も少なくない。

日本人は律儀すぎるほど律儀なのである。

当時の日本が、共産主義に対抗すべく、近隣の自由主義陣営と手を組む外交政策上それもやむを得なかったことは理解できる。また厳しい戒厳令下にあっては、台湾での国内事情を一般の日本人は知る由もなかったのであるから、蔣介石賛美も無理からぬことであった。

しかし蔣介石は、うむをいわせぬ独裁体制を敷いて台湾人の弾圧を行い、対外的に日本と連携を模索しながら、一方国内では強烈な反日教育を推し進めていたのである。

台湾に蔣介石の国民党軍が初めて上陸した際に、人々は日本兵の規律ある姿に比べ、薄汚れて秩序のない姿に、不安が黒雲のように広がったのだという。人口約六百万の島に百数十万という共産軍との戦いに敗れた膨大な兵達が逃げ込んで来たのだが、日本が去った後の間隙に入り込んだ蒋介石は、台湾とは何の縁もゆかりもない人間であった。そのこともあってか、外見的には客の立場でありながら、自分達の利益と安全を守るために、彼は本省人（台湾のそれまでの住人）に対しては全く容赦ないテロを含めた専制政治を行った。

一九四七年（昭和二二年）二月二七日に、老婆が露天で生活のために売っていた密輸煙草を官憲が取り上げ、銃床で殴打したことを契機に発した「二・二八事件」では、蒋介石はまだ大陸で対共戦の最中であったが、行政長官陳儀より大暴動発生の電報を受け取るや、無差別と思われる本省人虐殺を命じたという。

中国兵は、トラックの荷台に据え付けた機関銃を乱射しながら町の大通りを駆け抜け、男も女も老いも若きも台湾人とみるや片っ端から射殺していった。

こうした無差別殺戮に飽き足らない連中は、民家に押し入って略奪、暴行など悪事の限りを尽くし、台湾中が阿鼻叫喚の様相を呈したのである。

そもそも当時の中国人の処刑方法は異常なほど残酷であり、狂気に満ちた方法で無辜の台湾人を次々と抹殺していったのである。

二・二八事件のとき、陳儀と和平交渉を行った王添丁・台北市議会議員などは、数日前まではお互いに酒を酌み交わしていた外省人の憲兵隊長にガソリンをかけられ、火をつけられて焼き殺された。

北部の基隆港では、キリで手のひらとふくらはぎに穴を開けられ、その穴に「八番線」と呼ばれる太いストロー大の針金を通され横一列に繋がれた人々が、次々と銃で撃たれて海に落とされていった。(『台湾人と日本精神』・「祖国の裏切り」)

現在、日本統治時代から台湾にいる先住民の本省人と、蔣介石とともに大陸から逃げて来た外省人との割合は、ほぼ八五対一五であるというが、一五パーセントの外省人が、八五パーセントの本省人を有無を言わせず近年、少なくとも一九八七年七月の戒厳令解除まで力で屈服させてきたのである。戒厳令の発効が一九四九年五月であるから、約三八年もの間、正常に法が施行されないことを、政府が宣言していたことになる。本省人が「中国人」と侮蔑を込めて言うとき、外省人のことか、現在の中共支配の大陸にいる人々のことであり、自分たち「台湾人」と区別される。そうした悪感情は、外省人の代表である蔣介石が先頭になって形成したのである。

葉盛吉という蔣介石の無慈悲な弾圧の犠牲になった青年の伝記には、日本の植民地下の台湾で自分のアイデンテティについて複雑な気持ちを抱きながらも、旧制二高から、東京帝国大学に学んだ溌剌たる青春が描かれている。

葉盛吉と二高で同級、同寮で生活した著者の楊威理は、「我々は日本の敗北を望んでおりながらも、長く共に暮らしてきた日本の人々と、そして長らく住み着いてきた日本の地とに無限の愛情を覚えている」（『ある台湾知識人の悲劇』一七〇頁）と記している。

また、葉盛吉の残された日記の「《友の憂いに我は泣き、我が喜びに友は舞う、という友情が結ばれた》」という一文には、敷衍《ふえん》してこう続けてある。

友との交わりには包容性と絶対信頼があった。あの「米鬼撃滅」「一億総蹶起《けっき》」の昭和一九年の春に、私が級友・中島穣君に「日本は負けるに決まっている」と言っても、彼から非国民とも怒鳴られることもなかったし、特高に引っ張って行かれるようなこともなかった。

（一六六頁）

しかし、入学したばかりの東京帝国大学を祖国再建の熱情を押さえられず退学し、帰国した彼を待っていたものは、赤狩りという名の下での、有無を言わせぬ処刑だったのである。

蔡焜燦《さいこんさん》は蒋介石の日本への賠償放棄の真意はどこにあったのか、次のように説明する。

戦後、日本で語り継がれている蒋介石の「戦後賠償放棄」なるものは、実は巧妙な言葉のすり替えにほかならない。

台湾に残された〝日産〟または〝敵産〟と称された日本国の資産及び日本人の私有財産の合計約百億円（当時のレート）がすべて中華民国政府（つまり国民党）に接収されている。当時の百億円と言えば、日本の国家予算の五パーセントに相当する額であるから、日本は他に類例をみない、べらぼうな〝賠償金〟を中華民国に支払ったことになる。

加えて、国共内戦に敗れ、台湾に国家まる抱えで逃げ込んできた国民党独裁の中華民国は、日本が残していった事業をそのまま引き継ぎ、そこから安定した利益を上げ続けることができたのだった。このことは、中華民国という国家を支えるうえでたいへん重要な財政基盤を提供したことになる。同時にそれは国民党を肥えさせ、蔣介石の懐をますます温める結果となった。（前出『台湾人と日本精神』・「祖国の裏切り」）

戦後賠償を放棄したとは名ばかりで、その実、日本の遺産は莫大なものであった。戦後賠償を要求することは、私物化した日本の資産が公に論じられることとなり、そうなることを防ぎたかったと解されても仕方があるまい。彼の一貫した「国家私物化」の態度が、そう思わせるのである。終始、私欲の為に公然とあるいは秘密裏に不正を働き、それに対する不平不満を押さえるために金を蒔き、反対する者は軍や警察の力で以て弾圧する。彼の政治家・軍人としての生涯は、その繰り返しであったと言えるであろう。

大陸的支配構造

高村光太郎研究者としても最も優れた業績を残し、戦後の思想界をリードしてきた吉本隆明はかつて、次のように述べている。

他国に侵入した軍隊は、その〈残虐行為〉の方法を、その国の支配者が、自国の貧民に加えた〈残虐行為〉から学ぶものであるとしかいえない。中国の軍閥が貧農にたいして加えてきた〈残虐行為〉や、中国の古代からの支配者が、その人民に加えてきた〈残虐行為〉の伝統なしには、日本兵士の中国人にたいする〈残虐行為〉の方法はありうるはずがない。

（「情況への発言」／『吉本隆明全著作集（続）』10巻・二六四頁）

吉本のこの文は、日本軍が大陸で行った行為を、正当化するための欺瞞のように受け取られかねないが、その実、冷徹な真実なのではあるまいか。逆の例であるが、敗戦後のGHQによる諸改革や、新憲法の制定が驚くほど平和裡に断行されたのは、天皇の権威が最大限に利用されたからであり、逆に言えば、天皇の権威無くして、戦後改革は存在しなかったと言っていい。

光太郎が「蔣先生に慙謝す」を書いた一九四七年（昭和二二年）九月に先立つ七ヶ月前に「二・二八事件」を蔣介石は引き起こし、多くの本省人（それまで台湾にいた人々）を殺戮し、その後も、日本が台湾に残した莫大な遺産で私腹を肥やした。

そうなったのも、蔣介石の大陸の中共に対する恐怖と、民衆を納得させ得ない暴政の故であり、彼自身の不徳から発していることは、否定できないであろう。

本省人にして蔣経国の死後、一九八八年から二〇〇〇年まで総統として台湾の民主化に力を注いだ李登輝は、戦時中、京都帝国大学で農業経済学を学び、「大東亜共栄圏を打ち立てるための聖戦に滅私奉公するのは、国民（神国日本の皇民）としての当然の義務だ」（『李登輝新台湾人の誕生』二七頁）と大日本帝国陸軍に学業を抛って志願した経歴を持つ。彼は戦前の日本の台湾での統治を評価し、「あのころの日本の教育というのは、本当に素晴らしかった！」（六九頁）と自分の幼少期から青春期まで受けた教育を振り返り、教育勅語に対しては、「『公』と『私』の関係を哲学的に考えていくうえで、あれほど明快な指針はない」（二四八頁）と高い評価を下しているが、

蒋介石と蒋経国という二代にわたる偉大な先人の存在がなければ、決して今日の台湾はあり得なかったと思います。この数十年のあいだ、もし彼らのような強靭な性格の指導者がいなければ、台湾はとうの昔に中国共産党に支配されていたに違いない。…（一二一頁）

と述べてもいる。彼が日本の教育によって身に付けた武士道精神が、そう言わせるのであろうが、彼の言葉の示す通り、「以徳報怨」とは、まさに、台湾の本省人が血を吐くような思いで蒋介石に対して述べるにふさわしい言葉であり、蒋介石の政治からも私生活からも無縁な言葉である。日本の敗戦の際に蒋介石が言ったとしても、その背後には計算高い政治力学的思考が働いていたとしか思われない。彼がその前後に行った現実がそう思わせるのである。

日本が敗戦を迎えるに際し、膨れあがった国内の共産党とその軍は、彼にとって統御し得ない勢力に膨れあがっていた。それ故、彼は降伏した日本軍に追い打ちをかけることは得策ではない

と考えたのではないか。

一九四八年（昭和二三年）の暮れ、まだ南京にいた蔣介石は、共産党の脅威を訴えて、トルーマンに宛てて援助を申し出たが、合衆国は不干渉を守って動かなかった。そのため、来日して軍事を学んだ経歴のある蔣介石は日本に援助を求め、旧日本軍の将校百人余を集めた。彼らは、「国府軍の各部隊に入って作戦指導の助言をする傍ら、兵士の教育・訓練などに携わ」り、かくして蔣介石は「かつての敵国の将校の軍事的能力を利用」（保阪正康『蔣介石』二五〇頁）することになったという。そして、後に、米華相互防衛条約締結により台湾に入ってきた合衆国の軍事顧問団からの、日本人将校が指導に当たっていることについての抗議に対しては、「日本人の元将校たちは生命の危険を顧みずにわれわれを助けにきてくれた友人」（二六四頁）と撥ね付けたという。

しかし、蔣介石は、一生を通じて、日中戦争での日本軍のみならず台湾での日本の統治を徹底して否定していた。日本の元将校たちに関する逸話も、その本心は打算的なところが働いていたとも考えるべきであろうか。

〇

それでは、蔣介石を台湾に押し込めた毛沢東率いる中国共産党がやった政治とはどんなものだったのであろう。

一九五八年～六〇年の「大躍進」政策、一九六六年～七六年までの文化大革命では、多くの中国大陸の民衆が飢餓や弾圧によってゆえなく倒れた。戦中の日本と日本軍の行為に対してあくまで厳しい目を向ける『中国二〇世紀史』（東京大学出版会）でさえ、「大躍進」に対しては、

…結果として二〇〇〇万人もの死者を出したという事実を前にしては、いかなる弁解も説得力をもちえず、客観的な条件を無視した毛沢東の妄想の産物、人災であったといわざるをえない。（二二六頁）

と批判し、「文化大革命」に関しては、

…公式発表だけでも「迫害で死亡した者」三万四八〇〇人、「中傷・迫害された者」七四万二五一一人という犠牲者を出しながら現状を何一つ解決することなく、それどころか経済の後退、教育の荒廃、文化の破壊、社会秩序の紊乱などを残しただけで終わった。（二四一頁）

と述べている。これがいずれも戦時ではなく、平時での出来事であり、為政者の思いつき、思いこみで、あるいは自己の権力強化のために意図的に為された過ちであるということは、蔣介石の台湾統治のやり方とともに中国大陸での支配のやり方を想起させるものではなかろうか。

また現在でも、チベットや新疆ウィグルに位置する東トルキスタンなどの内陸の自治区で、中共が行っている住民に対する家畜にも劣る扱いはどう判断したらよいのであろうか。尽きること

のない自分等の弾圧から沸き上がる辺境の怨嗟《えんさ》を知りながら、改めることはついぞない。

ダライ・ラマ一四世は記している。

…中国指導層は真のマルキシストでもなければ、すべての人のためのより良き世界に献身する人間でもなく、きわめて民族主義的な人間なのだということに、わたしを目覚めさせた。実際あの人たちは共産主義者を装う中国大国主義者以外の何者でもなく、偏狭な狂信家の集まりにすぎないのだ。(『ダライ・ラマ自伝』一四一頁)

…彼らは嘘をつくだけでなく、もっと悪いことに嘘がばれても全然恥ずかしいとすら思わないのである。文革の最中には、〝大成功〟といい、今は失敗だという。しかしその認め方に謙虚さというものがまったく欠けているのだ。そしてあの連中はかつて約束を守ったためしがない。十七箇条〝協定〟の十三条が明確に約束している、「中国はティベット人から針の一本、糸の一本も勝手に取り上げることはない」という言葉と裏腹に、国そのものを略奪していったのだ。その最たるものは、数え切れぬ虐殺によって、彼らが基本的人間の権利を徹底的に無視していることを証明したことだ。彼らにしてみれば、おそらくあの厖大な人口のゆえに、人間の生命など廉価な消耗品みたいなもので、ティベット人の生命はそれよりもっと安いものと考えていたにちがいない。…(二七六頁)

弾圧に継ぐさらなる弾圧、飽くなき文化遺産の破壊、核兵器の実験場、核廃棄物の捨て場、白血病に罹って倒れる人々、強制的堕胎と避妊…。こうした現実は、ダライ・ラマ一四世が言うように、中国が辺境の民を蔑視する感覚の上に成り立っているとしか思われない。

「一将功成りて万骨枯る」とは、唐代末の曹松の詩「己亥歳《きがいのとし》」の中に出てくる句であるが、蔣介石も毛沢東も周恩来もチベットを計画的に蹂躙した鄧小平も、「万骨が自分一人のために枯れることを全く顧みなかった将軍」だと言っても過言ではなかろう。

まとめとして

光太郎は、「先生の抗日思想の源が／日本の侵略そのものにあるといふことに。／気づかなかったとも言へないが、／国内に満ちる驕慢の気に／わたくしまでが眼を掩はれ、／満州国の傀儡をいつしらず／心に狎れて是認してゐた。／人口上の自然現象と見るやうな／勝手な見方に麻痺してゐた。」と蔣介石に詫びた。しかし、当時の満州は中国のものであったのだろうか。

清朝最後の皇帝溥儀の家庭教師であったイギリス人ジョンストンは、次のように書いている。

…いわゆるシナ帝国は、実際のところ（一六四四年以来そうだったのだが）満州帝国だというこ とである。一九一一年に革命主義者が反乱を正当化しようとして持ち出した主な理由は、満州人は異民族であり征服者であるから、漢人を支配する権利は何も持っていないというも

のであった。（『紫禁城の黄昏』上巻・一〇四頁）

つまり、逆に言えば、満州を中国領であると主張した蔣介石は、満州族の土地に対して不当に領有を主張していたということになる。また、一九三一年一一月に溥儀が天津を去り、満州に向かった際に、日本による誘拐説や、蔣介石、張学良への信頼説が流布されたというが、しかし、ジョンストンははっきりと記している。

…皇帝は本人の自由意思で天津を去り満州へ向かったのであり、その旅の忠実な道づれは鄭孝胥（現在の国務総理）と息子の鄭垂だけであった。（下巻　三九三〜三九四頁）

一九二五年、皇帝には以下のようなことをなす資格があると述べたシナの老練な政治家の唐紹儀の言葉を実行したのである。つまり皇帝は、シナの国民から拒絶され、追放された今、満州の先祖が、シナと満州の合一の際に持ってきた持参金の『正当な世襲財産』を再び取り戻したまでのことだ。（下巻　三九五頁）

そもそも、日本の力を背景にした建国に当たり、満州が国家ないしは国家の一部としての体裁を有していたかどうかということすら疑問になってくる。

…地方自治の整備につとめてきた清朝も、乾隆時代を頂点として、以後ようやく内部崩壊の様相を示しはじめた。それはまず、地方行政組織の内部で腐敗してきた豪族や官兵などの、はげしい苛斂誅求による無防備農民の苦難増大ということで表面にあらわれてくる。たとえば軍隊は、「よい鉄は釘にしない、よい人は兵隊にならない」といわれて、無学無能で無定見の無頼漢が集まるところとなったから、軍隊が匪賊か匪賊が軍隊か、まったくわけがわからぬありさまとなった。「匪賊討伐」にいっても、どうせ先方も「同じ穴のむじな」というわけで、仲よくし、武器を相手方に格安で譲渡して、しかるべき地域まで退却願う。そして、帰りの駄賃として、途中の裕福な農家を襲う。このような傾向は、清末から民国初頭にかけての国内動乱のたえない事態のなかでいっそうさかんになった…（『馬賊』・「馬賊の発生」）

ここから「ひとつの人間集団は、その所有物の全体を共同して防衛するように結合されているときにのみ、国家と称することができる」（『ヘーゲル政治論文集』上巻・六四頁）というヘーゲルの国家の定義などもはや存在しない混沌が、満州国建国前に存在したと考えられるのである。

それでは、満州の地をそのままにして置くことが、日本にとって可能であったであろうか。日本の敗戦後、一九四八年（昭和二三年）には、朝鮮半島は大韓民国・朝鮮民主主義人民共和国として南北に分裂。一九五〇年(昭和二五年)には北から南への三八度線を越えた軍事侵攻により、朝鮮戦争が勃発。国連軍の介入により、南の勢力が盛り返すものの、満州から中共軍が介入。戦線が朝鮮半島を上下する中で、酸鼻を極める地獄絵が半島全域で現出した。そして、現在も朝鮮半島での緊張と戦慄は続いている。満州を制圧されることは、直ちに朝鮮半島が危殆《きたい》に陥ることを示し、朝鮮半島が制圧されれば、日本列島は常時、そうでない時よりも幾層倍の危険にさらされる。現在でもそうであるが、幕末以降の日本は軍事的劣勢に立たされ、厳しい国際情勢の波に揉まれてきた。日露戦争前は、ことに厳しく、日露戦争後の脅威の首魁は、合衆国がロシアに取って代わった。

GHQの総司令官として、日本の占領政策を指導し、朝鮮戦争の際にも国連軍の総司令官であったマッカーサーは、共産主義の脅威を眼前にして、初めて日本が戦中に置かれていた立場を理解したと思われる。彼は朝鮮戦争に対する基本方針でトルーマン大統領と対立し、解任された後、翌年一九五一年（昭和二六年）五月に、米国上院軍事外交合同委員会で、次のように語っている。

日本は絹産業以外には、固有の産物はほとんど何も無いのです。彼らは綿が無い、羊毛が無い、石油の産出が無い、錫《すず》が無い、ゴムが無い。その他実に多くの原料が欠如してゐる。そしてそれら一切のものがアジアの海域には存在してゐたのです。

もしこれらの原料の供給を断ち切られたら、一千万から一千二百万の失業者が発生するであらうことを彼らは恐れてゐました。したがつて彼らが戦争に飛び込んでいつた動機は、大部分が安全保障の必要に迫られてのことだつたのです。

（『東京裁判日本の弁明』五六四〜五六五頁）

高村光太郎の、「沈思せよ蔣先生」と「蔣先生に慙謝す」は、ともに高村光太郎の不変な誠実さをよく示しているが、彼のような日本人的な善良さの理解を遥かに越えた悪辣さで大陸の政治や世界情勢は動いてきたのである。

当然ながら、この二つの詩に見る光太郎の思想上の転身は、彼の誠実な面を証明するもので、彼をいささかも貶めるものではない。戦後の言論統制下、マスコミは占領軍を絶対的な正義の断行者として宣伝する一方、日本軍の戦時中の行為を絶対悪として厳しく批判した。そこには多くの虚偽が交じっていたが、国民総てがそれを信ずることを強いられ、疑うことは赦されなかった。その中で、光太郎は世間からどう非難されようと、自己弁護をすることもなく、まして自分自身の口に虚言を乗せ自他を偽ることもしなかった。この点を無視して、彼の真価を問うことはできない。

それゆえ、敗戦後日本で形成された狭小な価値観で戦中の光太郎を捉えるのではなく、もっと大きな視野で彼を捉え直していくことが必要なのである。そのためには、彼の愛国詩、戦争詩を多角的な方面から、徹底して洗い直すことが現在求められているのである。
※学術的な書物ではないが、小林よしのり『台湾論』（小学館）を読んで参考になることがあった。一般にいう漫画であるが、説得力があり、学術誌を数冊読んだ程度の充足感が残る好著である。

第四章　戦争責任についての疑問

聖戦か侵略か

―光太郎の戦争責任論の是非と現在―

敗戦後、巽聖歌は、戦時下に書かれた少年詩について「思い出しても、ゾーッとする」との否定的な回顧を添えながらも次のように記している。

戦時下において、「はじめて、現代の少年詩らしいものができた。」私はそう思うのだ。新しい少年詩の歴史は、ここから書きはじめていいのだ。

少年詩の伝統は、ながらくの間、断絶していた。『赤い鳥』創刊以来の、童話のはなばしい登場によって、「少年詩」は、すっかり忘れられていたのだ。いみじくも、大正年間において、白秋が「童詩宣言」をしたように、歌うべき童謡に対して、思考しつつ読む少年詩、学校放送、ラジオ放送などによる朗読すべき少年詩、誕生会や学芸会に読む詩、そういうものが、たくさんあっていいのだ。それが忘れられていた。戦時下においてそれが出てきたということは、童謡ばかりでなく、戦時下における童話の偏向出版に対するアンチテーゼであったにしても、児童文化一般の見地に立つとき、私は当然のことであったと考え、また更に大きく再評価さるべきだと思っている。

巽は、さらに、

戦時下に復活した『少年詩』とはいえ、新しい方法で書かれだした少年詩は、かっての大正期の少年詩ではなかった。（坪田譲治編『児童文学入門』・「少年詩の流れ」）

とも述べている。心情的には否定しながらも、少年詩としては真摯に評価しようとする態度も窺えて首肯すべき点も多い。そして巽がここで述べている「思考しつつ読む少年詩」とは、高村光太郎の『をぢさんの詩』に収められている各詩についても言えることである。

二つの少年詩から

これまで、高村光太郎の戦争責任論は当たらないのではないかということを述べてきたが、ここではさらに彼の少年詩を他の少年詩と比較することによって、その点をより明確にしたいと思う。

少年詩とは、大人である詩人が、少年の目を通して書いた詩をいうが、その中で戦争詩に当たる光太郎の「軍艦旗」と、光太郎と同じく高名な詩人で多くの童謡を作詞した北原白秋の「少年飛行兵」とを取り上げてみたい。

軍艦旗《ぐんかんき》

ぼく知《し》ってるよ　軍艦旗《ぐんかんき》
御光《ごくわう》のさしてる　日《ひ》の丸《まる》だ
御光《ごくわう》のかずが　十六本《ぽん》
ほんとにきれいな　軍艦旗《ぐんかんき》

ぼく知《し》ってるよ　軍艦旗《ぐんかんき》
艦尾旗竿《かんびきかん》に　ひらひらと
大《おお》きくつよく　たのもしく
ほんとにりんたる　軍艦旗《ぐんかんき》

ぼく知《し》ってるよ　軍艦旗《ぐんかんき》
日《ひ》の出《で》日《ひ》の入《い》り　おごそかに
全員《ぜんゐん》そろって　揚《あ》げおろす
ほんとにたふとい　軍艦旗《ぐんかんき》

ぼく知《し》ってるよ　軍艦旗《ぐんかんき》
いざ戦《たたか》ひと　いふ時《とき》は
大檣上《たいしやうじやう》に　空《そら》たかく
さんぜんかがやく　戦闘旗《せんとうき》

児童期にある少年の海軍に対する素直な憧れを書いたものであり、七五からなる四行を四連にまとめ、口誦した時に少年の胸に心地よく響くことを主眼にした作品である。歌うことを想定して作られた歌詞のように思える。

光太郎がこの詩を書いたのは一九三九年（昭和一四年）二月、大東亜戦争へ向けて戦時色が濃くなり始めていた時であった。そして、この詩を収録した青少年対象の詩集『をぢさんの詩』が出版された一九四三年（昭和一八年）一一月は、日本軍は太平洋で撤退につぐ撤退を重ねていたが、国内では交戦意欲は未だ旺盛であった。精密でリアルなペン画で有名な樺島勝一が、『航空少年』・『少年倶楽部』などに戦艦や戦闘機を描いて少年たちを魅了していたとき、この詩もまた、弱年層の海軍熱を刺激したかも知れない。

しかし、この詩心はあまりにも純朴であり、非情・悲惨とは直接には繋がらない。そこには、正義と夢と幼い憧憬が存在する。光太郎がこういう詩を書いたのは、彼自身の国家や軍や天皇に対する想いが、この詩の次元から隔たってはおらず、いうなればそのものであったということである。光太郎自身、自己の持つ最も疑いのない純化された理想を少年に託していったのである。それゆえ、そこには侵略的なもの、人間性の否定の上に立つものが入り込む余地はなかったのである。

こういう詩にも軍国主義の香りがするとして否定的な意見も多いであろうが、私はむしろ、光太郎の精神が正常であったという証しとして見るのである。

次に北原白秋の同時代一九四二年（昭和一七年）の少年詩を一編挙げて比較してみよう。

少年飛行兵《ひかうへい》

兄さん、少年飛行兵、
「ちよつと　行つて来るよ。」
嵐《あらし》をついて、
支那海《しなかい》越《こ》えて、
見事《みごと》な編隊《へんたい》、ぐんとぐんと飛んでつた。

ぐんとぐんと飛んでつた。
日本《につぽん》少年飛行兵、
「ちよつと　やつてやろか。」
ソラ来て、見えた、
南京《ナンキン》なんてぢきだ、
すごい爆弾《ばくだん》、だんとだんとだんと落した。
だんとだんと落した。

万歳《ばんざい》、少年飛行兵、
「ちよつと　行つて来たよ。」
夕やけ小やけ、
二千浬《り》ほいだ。
口笛《くちぶゑ》ふきふき、さつとさつとさつと帰つた。
さつとさつと帰つた。

（『白秋全集27―童謡集3―』）

北原白秋のこの詩も、光太郎の「軍艦旗」とほぼ同年齢層の児童を対象にしていると考えられる。やはり、リズミカルで心地よい。しかしこの詩は、明るく平易な表現であっても、「軍艦旗」とは根本的に違うところがある。それは、「ちよつと　やつてやろか。」「ちよつと　行つて来たよ。」という、ほんの軽い気持ちの中で行われる行為によって、多くの非戦闘員である中国の民衆が命を落とすことに対しての内省は、「口笛《くちぶゑ》ふきふき」という気分の中で全くなされる余地がないということである。

白秋は、この詩の中で爆撃行為そのものを少年層に楽観的快挙として印象づける。当時としては、どうということのない内容だったであろう。

しかし、光太郎にあっては『をぢさんの詩』の中にも他の詩にも、その他の詩にもこのような類のものは見当たらないのである。中国及びアジア諸国を敵国と捉えた詩は一つとしてない。このことは、光太郎が戦闘行為そのものを止むを得ぬ必要悪としてとらえ続けたことを意味しているのではなかろうか。彼にとって「猛獣編」の詩「牛」の「争はなければならない時しか争はない」牛である日本が、「邪悪な闘牛者《トレアドル》の卑劣な刃《やいば》にかかる時」に「十本二十本の鎗を総身に立てられて／よろけながらもつつかける」（T２）という情況が大東亜戦争であった。その戦いの方向はアジア大陸にではなく米英に向けられていたのである。

東亜解放の夢と現実

光太郎が、「蔣先生に慙謝す」に「天皇の名に於いて／強引に軍が始めた東亜経営の夢は／ついに多くの自他国民の血を犠牲にし、／あらゆる文化をふみにじり、」と書いたことは全てを否定できぬまでも、「事理の究極を押へてゆるがぬ」という評価は、蔣介石には当たらないことをすでに述べたが、他のアジア諸国ではどうであったのか、さらに見る必要があろう。

大東亜共栄圏の名の下で一九四三年（昭和一八年）ビルマの元首となったバウ・モーは、戦後、彼の「独立運動回顧録」を残した。哲学博士であり弁護士でもあった彼は、日本の軍政に対しても学者らしい冷徹な目をもって評価し、次のように手厳しいものがある。

日本の軍国主義者についていえば、彼らは精神的にあまりにも人種的意識が強く、あまりにも一方的な考え方をし、その結果として、全く他人を理解することができず、また他人に自分たちを理解させることもできなかった。こんなことに原因して、東南アジアでの戦時中、彼らがなした多くの行為、よきにつけ悪しきにつけ、そこの人々には、常に悪となったのだ

しかし、一方で、

…歴史的に眺めてみると、日本ほど、アジアを白人の支配下から解放するのに尽くした国は、

他にどこにもない。にも拘わらず、解放を援助しましたは、いろいろな事柄の手本を示したその人人から、これほどまでに誤解されている国もまたない。

（『ビルマの夜明け』二〇〇頁）

という日本のアジア諸国の独立への貢献を認められぬという悲劇を嘆いているのである。

当時のことを記した文献に当たると、日本のやり方が、現地の反発を受けたわけがよく分かる。大東亜戦争が勃発する前、祖国の独立を目指すアウンサン等三〇名のビルマ人の有志は、密に海南島で、日本軍から軍事訓練を受けるが、訓練の初めにゴミ拾いをさせられたことや訓練中、頻に日本の教官から平手打ちを喰らわせられた時のエピソードがある。この時、「あのやり方はビルマの伝統とはまったく合わない」（『アウンサン将軍と三十人の志士』九〇頁）と非難する声が上がったことが記されている。ビルマの青年達に日本では全く当たり前として行っていることをそのままやっても、文化の違いから、侮辱として捉えられたという一例である。

大東亜戦争勃発時には、真珠湾攻撃、マレー沖海戦、シンガポール占領など快進撃を続けた日本も、一九四二年（昭和一七年）六月には、ミッドウェー海戦で大敗北を喫し、太平洋での制海権を失っている。大戦勃発早々に、日本は負けるのではないかという予想が、その後再びそれまでの支配者である欧米列強が戻って来ることの恐れと重なって、反日抗戦に向かわせたことがある。日本にすれば、敗色が濃くなる中、短期間に現地人に軍事や政治について教えねばならず、その焦りが、現地人の感情を無視したものになったことは否めない。
「…もしも、日本が戦争の当初から宣言した『アジア人のためのアジア』を忠実に守ってさえいたら、日本の運命は全然違っていただろう」（前掲『ビルマの夜明け』二〇〇頁）という想いには共感できる。しかし、日本は、国内にない石油やゴム等の資源を東南アジアに求めて南下してきた。すぐに手を放して独立を与えることには、戦争を遂行していく上で大きな危惧が生じたのである。

ジョイス・C・レブラには、その著の中で、日本が大東亜戦争中に占領したアジア諸国で行った功罪を冷静に判断していこうとする姿勢が見える。たとえば、「占領各地で常にむずかしい問題になった日本人の傲慢さ、ビルマ人の気持ちを傷つける多くの行動があった」（『東南アジアの解放と日本の遺産』二二二頁）ということは認めている。ただ、

日本による軍事訓練の残したものを評価するにあたって、戦闘精神、自助、規律というものを教え込んだ点は、いかに強調しても強調しすぎることはない。（二四二頁）

アジア各地に準軍事的な団体を組織したことから、義勇軍・独立軍の組織、そしてさらに、何人かの将校を日本の士官学校で教育するために留学をさせたというこの一連の過程は、戦後アジアの新興独立諸国にとっては実に重大な意義をもったのである。

…ビルマのネ・ウィン、インドネシアのスハルト、韓国の朴正煕、彼らはすべて日本があと

押しをしてできた部隊、学校の出身者である。（二五二頁）

というプラスの面があったことも見逃さない。

しかし、ここで「軍隊は、戦時日本の軍事的・政治的目的を遂行するために創設された」とレブラが述べるのは、日本政府の考えで、現地で指導に当たった将校たちの中には、祖国の意図を離れて現地に溶けこみ、東南アジア諸国独立のために尽力した者も少なくなかった。それを証しするものとして、ビルマの南機関の鈴木敬司大佐、インドでＩＮＡを組織し独立運動を推進した藤原岩市少佐などがある。生命を賭して難局に当たる鈴木敬司の姿に、日本軍のやり方に不平を抱いていたアウンサンもその無私の精神に触れて「…あなたがビルマにおられるうちは、われわれは絶対に日本軍に反乱を起こさない」（前掲『アウンサン将軍と三十人の志士』一三五頁）と誓ったという。

現地の指導に当たった日本人の良心が、ごく一部の特殊なものでないことを証しするものとして、インドネシアで敗戦を迎えた日本の軍人のうち数百名から千名にものぼると言われる数が、インドネシアの独立運動のために一兵士として兵器をもって立ち上がり、インドネシアの独立を打ち立てた例がある。これも「個々の日本人による直接的な貢献である」（前掲『東南アジアの解放と日本の遺産』二四一頁）とレブラは評価するが、この点、長く当地で伝えられてきた「北方より黄色人種の王が来て白人を駆逐する」という、「ジョヨボヨ伝説」そのものとなったのである。（※名越二荒之助編『世界から見た大東亜戦争』によると、インドネシア独立戦争に参加した日本兵士約二千名の内、四百名が戦死したという。この戦死率の高さは、その行為が彼らの至誠から出ていることを如実に示している。）

また、一九四四年（昭和一九年）三月に日本のビルマ方面軍がインド国民軍と協力して起こしたインパール作戦は、準備計画ともに杜撰《ずさん》で、いたずらに大量の死者と傷病者を出したことで知られている。なるほど、日本の敗色が濃くなる中で、デリーへ向けて物量の不足を知りながら行われたこの作戦がまともでないことは、当時の日本の軍部も知っていた。これは、深田祐介が「ボースの情熱に東條以下がひっぱられて実施されたのだが、日本陸軍の作戦中、最も資源獲得の利権の絡まない理念の戦いであった」（『大東亜会議の真実』二〇四頁）と言っているように、インド国民軍の総帥であった不退転の志士チャンドラ・ボースの意向がもたらしたものであった。インドは日本の敗戦後も、こうした祖国の独立運動に挺身した日本に対し感謝と敬意を失わず、東京裁判にパル判事を送り、A級戦犯の全員無罪を主張、さらに、昭和天皇崩御の際には、国を挙げて三日間の喪に服している。

ネ・ウィンは、日本により訓練を受けながら、日本に対して最後には反乱を起こしたビルマの三〇人の志士のグループの一人であったが、「大統領だった一九八一年に、自分を育ててくれた南機関関係者である日本人七人に、ビルマの独立に貢献したとして最高勲章『アウンサンの旗』

を授与し、その労をねぎらっ」（前掲『アウンサン将軍と三十人の志士』九二頁）ている。ある事情により敵味方として戦ったという過去の感情は払拭して、評価すべきものはきちんと評価する。一流の人間はこのように、目のつけどころが違うのである。

こうした点から見るならば、光太郎が力説した東亜解放の夢は、その願い通り日本の力によって実現したと言っても過言ではない。

日本がその統治下・占領下において行ったことを全て一括して「悪」として否定するような発言は、アジア諸国の独立のために挺身した日本人のみならず、日本と共に祖国独立のために闘った人々に対する冒瀆に繋がるものである。

敗戦後、日本軍が去った後に、アジア諸国は独立していった。しかし、朝鮮半島、台湾、中国大陸、ベトナム、カンボジアなどで、内紛と粛清が起こった。黄文雄は「大東亜戦争の死者を上回る凄惨な戦後のアジア内戦」と銘打って、「日本が敗戦して軍がアジア地域から撤退したとき、その空白をついて発生したのは現地アジア人同士の殺し合いだった」と述べる。彼の祖国については、「平和な島だった台湾でも、中国からやってきた国民党による弾圧が始まり、数万人が虐殺された」と二・二八事件について書き、朝鮮についても「日本が統治していた時期のほうがよほど社会は安定していた」（『捏造された日本史』二五五頁）と日本による統治を評価している。

深田祐介は、「満州国が何を残したかというと、やはり『親日感情』という大きな遺産を残している」、「中国における唯一最大の親日地域」と指摘し、東北地方にある朝鮮族の民族学校で、中学生になると外国語として日本語か英語を選ぶようになっており、「日本語を選ぶ人が非常に多い」（『大東亜会議の真実』二八〇〜二八一頁）という実態を取り上げる。

このような祖国日本についての評価を、政治家や学会、またマスコミが隠蔽しようとする傾向は現在でも根強く残っている。

光太郎の無二の親友であった水野葉舟は、一九四二年（昭和一七年）光太郎の詩集『大いなる日に』について次のように記している。

この集を私は単なる愛国詩集として見たくはない。その渾身が、我が民族の血を新しく湧き上らせ、強い気魄をもつて歌はれて居る。その身は古代の祖先の魂と共に根さし、覚悟の根蔕はあらゆるまやかしをふるひ落した現在の最も正しい事実の上に据ゑられ、敵の真実の相を知つてゐる明かな洞察、その人が全く私心を捨てゝ、これらの作品が生み出されてゐるのである。…

○

「大いなる日に」に到って高村君は、我が民族の中に溶けこんで行つたのを私は感じた。これはすばらしい飛躍であつて変貌ではない。…

（『光太郎と葉舟』二八七〜二八九頁）

この論こそ、『大いなる日に』を中心とする愛国詩・戦争詩の普遍的に正しい評価であろう。

光太郎が葉舟やその他の知人に宛てた戦時中の書簡を見ても、東京大空襲でアトリエ全焼があった前後も含めて、その文は常に淡々として、戦争の暗い影も、興奮も窺えない。光太郎が冷静であったことがこのことによっても分かる。
しかし、そう思う私の想いは妥当なのであろうか。今回は、光太郎の作品や、当時の彼の去就や作品をめぐって現在まで続いている戦争責任を問う諸々の論評を取り上げて、その妥当性を比較検討することによって、まとめとしたい。

平成からの視点を交えて

吉本隆明は、戦争期の光太郎について、

…日本の庶民的意識を、積極的な思想にまで積み上げたいとかんがえて、「真理を索める人類の深い悩みを顧みず」に、思想の祖先がえりを敢行したのである。

（『高村光太郎』・「敗戦期」）

と記している。「真理を索める人類の深い悩みを顧みず」とは、光太郎の昭和二二年作の「蒋先生に慙謝す」にある一行からの引用である。これは、光太郎が、蒋介石を昭和一七年「沈思せよ蒋先生」で叱責した自己の不明を心の内奥から叫ぶように詫びる真摯な感情の表出であったであろう。しかし、すでに述べたように、これは、敗戦後の日本で偶像化された蒋介石に対する一方的な思い込みにすぎない。

また、文化人の中、特に光太郎等詩人達の戦争協力について吉本は次のように記している。

戦争権力がアジアの各地にもたらしたものは、「乱殺と麻薬攻勢」(東京裁判)であり、同胞の隊伍は、数おおくの拷問、陵辱、掠奪、破壊に従事した。このとき、詩人たちは、あざむかれたのであろうか。断じてそうではない。同胞の隊伍がアジアの各地にもたらした残虐行為と、現代詩人が、日本の現代詩に、美辞と麗句を武器としてもたらした言葉の残虐行為とは、絶対におなじものである。その根がおなじ日本的庶民意識のなかの残忍さ、非人間さに発しているばかりでなく、残忍さの比重においてもおなじものだ。詩人たちもまた、日本の歴史を陵辱し、乱殺し、コトバの麻薬をもって痴呆状態におとしいれたのである。戦後、これらの現代詩人たちが、じぶんの傷あとを、汚辱を凝視し、そこから脱出しようとする内部の闘いによって詩意識をふかめる道をえらばず、あるいは他の戦争責任を追及することで自己の挫折をいんぺいし、あるいは一時の出来ごころのようにけろりとして、ふたたび手なれた職人的技法とオプティミズムをはんらんさせたとき、かれらは、自ら日本現代詩の陵辱の歴史をそそぐべき役割を放棄したのである。(同　右・「戦争期」)

なるほど、多くの詩人が戦争協力の詩を書き、後に大衆を戦争に駆り立てた事実を隠蔽したという事実はあり、光太郎の戦争犯罪を追及した壺井繁治等が、自らも戦争詩を書いていたという事実を明らかにした吉本の業績は評価されねばならぬであろう。しかし、彼の大東亜戦争（太平洋戦争）史観は、少なくともこの文から見る限り、東京裁判史観から抜け出てはいない。これも彼が記した年代を考えれば、やむを得ぬであろうが、一面的過ぎると言わざるを得ない。

最近、吉本隆明を、自分自身や芥川龍之介や高村光太郎の生い立ちと重ねながら、その奥にある庶民性を追究したものに鹿島茂『吉本隆明1968』（平凡社）があるが、著者は『昭和十二年の「週刊文春」』（文春新書）を捲《めく》ることによって、

昭和十二年七月までは、戦前の日本の社会はこれほどまでに資本主義主義化（アメリカナイズ）されていたのかと驚くのですが、盧溝橋事件を境に、あれよあれよというまに、アジア的後進性、つまり神憑《かみがか》り的な伝統回帰性が前面に出てきて、やがてすべてを覆いつくしてしまうのです。それは、国家権力が、戦争に大義名分を与えるためにそのように指導したという面もありますが、マスコミが大衆の無意識に存在するアジア的後進性をくみ取って、それに便乗しながら拡大に努めたという面も少なくありません。（三二〇頁）

と論じている。

ここには、明らかに精神文化面でアメリカ合衆国が先進国で、日本が後進国であるという前提があることは言うまでもない。そして、戦争においては、後進国の人間が、それに便乗するのであり、合衆国のような先進国は違うのだという思い込みがなければ、こういう表現はなされない

のではないだろうか。占領期にGHQから植え付けられた精神的劣等国日本のイメージが、払拭されていないのである。吉本隆明の『高村光太郎』は、『智恵子抄』の一般に膾炙されている詩から、献身的な愛のみで語られない詩人の内なる姿を明らかにし、かつまた多くの文学者が戦争期の自己の姿を隠蔽したことを暴いた点で労作と言えるが、半世紀以上を経てなお、戦後世代が、敗戦後のシンドロームから抜け出せず、優秀な研究者が未だに吉本に追従していること自体に、わたし自身、呆然としてしまう。

世界の四分の一の領土を持ち、「日の沈まぬ国」だと豪語したイギリスの実体は、裏を返せば、留まることを知らぬ、有色人種への虐待と侮蔑と搾取ではなかったのか。アメリカ合衆国は、外交的に、国際的に力を持ち始めた日本を、あらゆる手を使って封じようとし、自国では太平洋（大東亜）戦争中、日本人移民に対し情け容赦ない隔離政策をとった。それに対して、「以徳報怨」の格言に従うが如く、日系二世は逆に合衆国を祖国として欧州戦線で戦ったのではなかったか。南北戦争後一〇〇年を経ても、黒人に公民権を与えず、ガンジーの非暴力主義に従って名実ともに備わる黒人の解放を目指して立ち上がったキング牧師を執拗に追い詰め暗殺した国を、先進国と呼べるのであろうか。

鹿島は「光太郎は、己の性欲こそが環境社会の代用品となり得ると思った」（二一三頁）、「信じられないほどに例外的であった長沼智恵子という個体とのセックスが、かえって、孤絶性を介して世界性へとつながっていると感じさせたのではないでしょうか?」(二一五頁)と光太郎の日本人であるということのコンプレックスと内的煩悶の昇華を生理学的なものにまで還元して説明しようとする。精神・思想というものを全て性欲に還元して説明しようとするフロイトやそのエピゴーネンを思わせる手法の全てを否定するものではない。ただ、本当にそれで説明ができているのであろうか。光太郎の戦争への傾斜を、

…智恵子夫人と交替するかのように「戦争」というものが現れ、これが下層民衆のルサンチマンによって強く支持されるようになりました。すると、光太郎は、この「戦争」を智恵子夫人に代わるピューリファイイング・ソースと見なし、戦争にまっしぐらにのめり込んでいくのです。(二八二頁)

と書くが、そのような説明が、正鵠《せいこく》を射ているものとは考えにくい。「祖国が危機に瀕している時に、国民が団結して戦おうとするのは、自己や同胞を守ろうとする人間の当然の生理的要求であり、そこに光太郎なりの精神性が付与されたものである」と、単純に説明したらいいのではないだろうか。すでに、繰り返し述べてきたことなので、詳しくは述べないが、当時日本が置かれた情況からして、光太郎は、全く順当な選択をしたのである。

倉橋弥一は一九四一年(昭和一六年)三月に「東亜指導理念の詩人高村光太郎」と題して、大政翼賛会全国協力会議に出席した光太郎について次のように述べている。

一体氏の存在が今日の芸術界で尊敬されてゐるのは何故であらうか。氏の高邁な精神にみちた人格か、彫刻家としての優れた技能か、若しくは詩壇の長老であるためか、そのどれもが尊敬される理由にはなるだらうが私は何よりも先づ、氏が東亜の現実に対して正しい理念を持ち、それが明日への多くの暗示を含んでゐるところに最大の理由があるやうに思はれる。

……

氏が外見は隠者のやうな生活をやめて、甚だ積極的になつたのは、此際芸術の真に尊重すべきを国民に理解させ、人心にうるほひを持たせて、文化を正しく理解した真に強い大国民となるやうにとの祈願からである。

氏が多年に渉つて思索しつゞけたことを惜し気もなく発表するのは、理想主義者としての日頃の夢を具体的に実現させたいからである。

私は茲に厳しい決然とした詩人の態度を見出し得るのである。

これこそ、順当な光太郎に対する評価である。著者である私は、平成の現時点で、この評価を否定する材料を持たない。

櫻本富雄は『日本文学報国会昭和十八年度会員名簿』の高村光太郎を部会長とする詩部会の名簿を引き出し、「死亡した佐藤惣之助・萩原朔太郎・北原白秋・与謝野晶子などの詩人名が、この中に見当たらないのは当然として、文字どおり全日本の詩人を一丸とした組織である。不参加の詩人をあえて探せば、天野忠ぐらいであろう」（『空白と責任』三〇頁）と述べているが、氏のこの書は一貫して、ほとんど全ての詩人が戦争協力詩を書きながら、戦時中のことは空白として、平和主義者のしたり顔で、戦後そこに触れることを自他共にタブーとしていることを糾弾しているものである。

しかし、私にしてみれば、そうした日本人の、現状を肯定し、簡単に過去の祖国の価値と祖国に対する自己の態度を豹変させて本質を顧みない体質は、文学者のみならず国民全てに亘って未だに是正されていないと考える。これは、憲法九条に照らして明らかに違憲であるはずの自衛隊を合憲と解釈しているということと符合している。その都度、権力に盲従し、現在の通念から、論理的にはあり得ないことをあたかも当然のように扱う。そして、現在のマスコミが報じていることを正しいと錯覚し、大東亜戦争（太平洋戦争）の実体を問い直すこともなく、問い直そうとする者を異端として無視する。戦時中の文学報国会に集った文学者の姿勢を糾弾するならば、そういう態度の中にこそ、力のあるものに付和雷同する日本人的因子が潜んでいることを知らねばならないであろう。

○

平成になってからの論をさらに取り上げてみたい。例えば、平居高志の、

…光太郎がどのようにして戦争に協力したかというだけではなく、なぜ協力したかという理

由が表れています。それは、政府の発表の嘘を見抜くことが出来ず、日本の進める戦争がアジアの平和のためのものであると誤解した、ということです。

（『「高村光太郎」という生き方』二〇三頁）

という「沈思せよ蒋先生」についての彼の論には全く納得できない。東亜を守らんとするには、アジアが手を結ばねばならず、そのために蒋介石の日本を敵に回すという態度を改めるべく「沈思せよ蒋先生」と呼びかけた情況認識の方は正しく、「蒋先生に慙謝す」の方が謬《あやま》っているのである。

「戦争が始まってしまってから、正面切って反戦を唱えることができた日本人は、あの時代、ひとりも存在しなかった」（『文学報国会の時代』二一三頁）、「外交政策を誤らなければ戦争は避けられるのであり、世界情勢を冷静に分析することが国家の外交政策上非常に大事だということである」（二一六三頁）と述べる吉野孝雄は、日本近代における異色のジャーナリスト宮武外骨《みやたけがいこつ》の研究者である。戦時における宮武を、「戦争に協力せず、日本文学報国会にも日本言論報国会にも参加せず、ひとり孤高を守って、韜晦《とうかい》することによって悪しき時代をやりすごした」（二一四頁）と書いているが、大日本帝国憲法発布の式典を、明治天皇を外骨ならぬ骸骨として描いて風刺するという奇想天外な不敬をやった天下の奇才を基準にして文学者の態度を評価するのはどうかと思う。

外交政策で敗戦を回避できたとすれば、なるほど、ある程度そうであるかも知れない。ヒトラーのドイツは、ソ連との不可侵条約を破りモスクワに迫った際に、日本政府に向けて東方満州からの侵攻を要請した。その時に日本政府が日ソ不可侵条約を破って軍を侵攻しておれば、ソ連軍は壊滅し、敗戦前後の満州での悲劇も回避できたかも知れない。しかし、日本政府は忠実に条約を守り、南方へ資源を求めて軍を進めることに決定し、ドイツ系ロシア人であった駐日ドイツ大使顧問ゾルゲや尾崎秀実《ほつみ》のスパイ行為によってその情報を知ったスターリン率いるソ連は、安堵して極東に配備していた軍を対独戦線に送り込んだ。それは、ヨーロッパでのドイツの劣勢を決定付け、同時に日本を破局に追いやる大きな要因ともなった。他国の善意を基礎にして思考する、日本の外交の誠実さと同時に甘さを示す一例である。

光太郎の「一億の号泣」について、坪井秀人は、

このエロス的〈ナルシス的〉身体としての〈五体〉は、天皇の声を受け止めてわななく〈五体〉のうちにもひそんでいると考えることも出来る。だとすればラジオの天皇の声と鳥谷崎神社にある自己の身体との間には対幻想的〈エロス的〉な共振が生じていることになる。

（『戦争の記憶をさかのぼる』一一三頁）

と書く。恋闕《れんけつ》の想いをこのように表現することは自由であるが、彼は、敗戦の衝撃を心理的な分析としてしか捉えていないのではなかろうか。彼のこの著作について言えることは、吉本隆明を

思わせるポレミックな文体を駆使して、吉本隆明の『反核異論』や小林よしのりの『戦争論』を取り上げ、戦後の日本人の戦争に対する意識を分析しながらも、結局は戦争を個人内の意識の問題に還元し、せいぜい文学者の去就や価値観のぶつかり合いとして語るのみで、国際情勢や歴史の再認識という吉本や小林によって提起された論争の舞台にはあえて打って出ないことである。

しかし、戦争とは相手があってするものである。個人内の意識の問題としてのみ、特に自国内のみの問題として語られるものからは、結局のところどういう事態が起きようと終始傍観するのみで、何等の有効な提起はなし得ないであろう。その思想の拠り所は戦後の価値観であり、矛盾があろうとなかろうと現状維持で踏ん張っているだけの消極的なスタンスである。私に言わせるならば、そこからは、大きな力に飲み込まれている自分への釈明しか生まれない。

現実の国際社会は、未だに地政学に立ったマキャベリズム、「戦争とは単に政治的行動であるのみならず、まったく政治の道具であり、政治的諸関係の継続であり、他の手段をもってする政治の実行である」(『戦争論』四三頁)というクラウゼヴィッツの言葉に示されるパワーポリテクスの論理で動いている。東京裁判が創り出した価値観や歴史観を無条件に肯定する以上、意識するとしないとにかかわらず正義とは無縁の非情な力の原理に組み込まれてしまっているということを知らねばなるまい。

光太郎の生き方の総括として

萩原朔太郎の『詩の原理』の中に、自己を含めた詩人に対する内面の洞察として、次のようなことが書かれている。

古来幾千の詩人の中、果して真に英雄的だった人物がどこに居るか。彼等の或るものは、時に或は勇士の如く英雄の如くにふるまっている。しかもこれ外見上のドラマにすぎない。真実のところを言えば、あらゆる詩人は女性的で、神経質で、物に感じ易い、繊弱な心をもったセンチメンタリストにすぎないのだ。（でなければどうして詩が作れよう。）一つの決定的な事実を言えば、詩に於ける一切のヒロイズムは、畢竟《ひっきょう》して「逆説的のもの」にすぎないということである。換言すればあらゆる詩人は、英雄的なものへの憧憬から、オデッセイやイリアッドの勇ましい、権力感の高翔した詩を作るのである。（「詩に於ける逆説精神」）

これは確かに、全ての詩人にあまねく該当する真実であろう。光太郎の一般に言う勇ましい戦争詩と平和な日常を語った少年詩も、根は一つで、同じ詩神のその時々の現れ方によって決まってくるということなのである。光太郎の詩の中に誇張とも言える美的な表現はあっても、虚飾や偽りは全くどこにも見られない。幼児そのままに、自他に対して正直なのである。詩とは本来正直な内なる想いの表出であり、またそうでなければ詩とは言えないであろう。光太郎の少年詩を読むと、心の琴線に触れ、内奥に響くものがある。それが、愛国詩・戦争詩に繋がっても、私の受け止め方としては、変わりがない。

高村光太郎の戦争責任についての論及は、戦後間もなく始まり、現在に至るまで続いている。それらに目を通しながら抱くのは、論者の多くが、日本の敗戦前に置かれていた国際的立場や、国内の経済的情況について踏まえること、その上で光太郎に寄り添って考えることが欠如しているのではないかという疑問である。

現在という基準に立脚して、過去を評価し、人の功罪を云々するのは簡単である。しかも、平時にあって、国家の存亡を賭けて同胞が戦っている戦時を論ずれば、平常心を失った多くの人々の言動を、誰でも天上から俯瞰しているかのように、自らは傷つかず、安全な立場から容易《たやす》く論ずることができるのではないか。特に、敗戦後価値観が一変し、それがそのまま固定して六十余年を経ても変わらぬ現在の日本においては、戦争責任を追及することが、自らの民主主義者としてのステイタスとなっているかのようである。

そう思いつつ戦時を眺める時に、私は全く光太郎の言動を批判する気にはならない。それどころか、大筋では彼が最高の選択をしたと考え、資料を繙けば繙くほど、その思いは強くなっている。

光太郎には一貫して変わらない軸がある。それを、尊皇愛国も含めた日本的風土文化として捉えることは、今まで述べてきた通りであるが、少年詩というジャンルに限っても、ぶれのない安定を感ずるのである。

吉本隆明は戦争期に祖国の聖戦を信じて邁進して行った光太郎について「思想の祖先がえり」とか、「高村が出生としての庶民の意識を徹底的につきつめたところに、このような戦争理念があらわれたのであって、庶民がえりという点で、ほとんどすべての詩人たちは、同じ問題をまぬがれえなかった」と述べている。そのことは否定しないが、実際は、元々、天皇を仰ぐ国民の一員としての庶民的意識は、幼い時分から彼の中で、継続して滔々と流れており、それが詩の上にも変わることなく現れていると見るべきであろう。私が言いたいのは、それがごく自然な流れだったということである。

祖国が危機的情況に陥れば、誰とても必死の形相になって、各々の立場で祖国や家族や自分に降りかかる試練に立ち向かおうとするのは当然のことではないのか。「教育勅語」の「一旦緩急アレハ義勇公ニ奉シ」という文言を、敗戦前の日本人は一様に拝していたのではないのか。未だに戦争期の光太郎をとりわけ特別な視点から見て断罪している研究者が多いということで、私はむしろそこに奇異なものを感じ取ってしまうのだが、どんなものであろう。

そして、平成も四半世紀を過ぎた今、「戦争においては、とにかく日本が悪かったのだ」といういわゆる自虐史観から少なくとも脱却して考えることが必要なのではないか。それは、「戦前の日本は正しかったのだ」と言うことでも、「連合国側は悪だったのだ」と叫ぶことでもない。「戦争は、英知を働かせて避けるべきだった」、「今後も戦争は避けるべきだ」ということを前提に、歴史を多角的な方向から自らの力で繙き、考え続けることである。そのためには、自分とぴったり来る資料以上に、そうでない資料に目を通すべきであろう。

高村光太郎という人格とその生き方は、現在の価値観をそのまま当てはめるようなことでは分からない。ただ、少なくとも、以上のようなことを前提に気をつけて眺めると見えてくるものがある。そして私に見えてきたのは、時代が変わっても揺るぎない愛と誠実さである。そこに私は、彼の彫刻のように、幾世紀を経ても変わらず立ち続けるであろう巨軀《きょく》の哲人の姿を仰ぎ見るのである。

（付録）ある少女のイマージュ

明子という名の少女

智恵子の存在は言うまでもなく、高村光太郎の人生や詩作の上で非常に重い存在である。ただ、光太郎が還暦にさしかかる前あたりからその死に至るまで、彼の詩の中で特異な光を放っている他の女性がいる。

智恵子の死後、光太郎は、この少女をモチーフにして多くの詩を書いた。その多くが、彼の愛国詩・戦争詩と言われるジャンルに入るものになった。そして、それらの詩は、彼が大東亜解放に向かって進んでいく祖国をどのように捉えていたかということを見事に表している。

また、一方で、「女医になつた少女」を読むと、戦時中の少女とは対照的な、静寂の中の可憐な美しさが伝わってくる。そして、そこに描かれた若い女性は、以前から光太郎と温かい心の交流があることが分かる。著者である私は、大学院で本格的に研究を始めた当初、はっきりとはしなかったが、光太郎の女性についての詩を年代順に改めて読み直すことによって、この若い女性が、戦時中に光太郎がしきりに詩のモチーフにした少女と同一人物であることが直感的に分かった。

そのことがはっきりしたのが、「女医になつた少女」のモデルである細田明子という女性が『新女苑』に発表した「高村光太郎先生へ」という文を北川太一氏の編集された文献の中に見つけた時である。

明子は、光太郎がまだ東京にいた頃の彼女がまだ幼なかった日からの思い出を懐かしい記憶として現在までたぐっているが、この書簡の形式をとった可愛い内容の文を読むと、その年、一九四九年（昭和二四年）三月に、卒業の報告を兼ねて光太郎の山荘に彼女が行ったことが分かる。『高村光太郎全詩稿』によると、この文は光太郎の「女医になつた少女」を掲載した『新女苑』が、そのモデルになった彼女に執筆を依頼したもので、光太郎の詩「女医になつた少女」とともに『新女苑』に発表されたという。

この文を読んで驚くのは、光太郎が明子に対して抱き、詩において顕現された姿が、この女性（明子）の文を読むことによっていささかも損なわれないということである。むしろ、逆にこの文を読むことによって、「女医になつた少女」の他、続いて述べる「少女に」、「少女の思へる」に描かれた少女が彷彿としてくるという感慨が否めないのである。すでに成人した「女医になつた少女」においてすら、光太郎は少女のイマージュを抱き続けていたことは、すでに述べた通りであるが、細田明子はそれを無意識の内に取り込み、自らのさりげない文の中に結晶化しているのである。

先日小学校のお友だちを尋ねて林町に参りましたところ、小学校とその一角を残して殆んど灰燼に帰して了つたあの辺一帯にも、略々家が建ち並び、おとうさんの家の跡にもお隣りの植木屋さんの跡にも、新しい家がたつて居りました。もとのまゝの千駄木小学校の前を過ぎて、おとうさんの家の方に近づいて行くうちに、ふと女医なんてしかつめらしい現在の自分を忘れて、おかつぱ姿の可愛いい小学生になつたやうな気がして参りました。

彼女自身、この時点でまだ光太郎の前だけではなく、読者の前でさえ「おとうさん」と呼ぶ。また、光太郎のかつての家に向かうという行為が、光太郎と自分との記憶に重なり、「おかつぱ姿の可愛いい小学生」に自身を遡行させていく。これが、見事に光太郎の詩に描かれた彼女とタイアップしていくのである。

続いて彼女は、自分が小学生だった当時の思い出を語っていく。

当時はまだ上級学校の入学試験のはげしい頃で小学校の良否が相当影響するので、父母は長女の私の進学についていろいろと気をもんで居りました様子でしたが、おとうさんのお力添へでやつと転校する事が出来ました。この様にしておとうさんのお宅のすぐ側の千駄木小学校へ通ふ様になつたのが私がおとうさんに接する様になつた始めでせうか。そのやうにして全然見知らぬお友達の中に入つた私はそれ迄父と共に時々お目にかゝつたおとうさんが唯一のお友達だつたので、よくお宅に遊びに伺つたものでした。

ランドセルをかたこといはせながら、おとうさんの家に向つて走つて行く。一つ二つ三つ、石段をあがつて私がエレベーターの戸みたいねーつて言つて笑はれたポーチの戸を入る。おとうさんが小さな私のために特別長くして下さつた鈴の紐を引く。ガラ〱となると、間もなく右側の小窓から顔をお出しになり「やあ」とおつしやつて直ぐ玄関のドアを開けて下さる。「さあ、お入りなさい」と応接間に招じ入れて下さる。それから御自分でお茶を御いれになつて、何か必ず珍らしいものを出して下さる。私は、小さな小学生の私を一人前に扱つて下さることに一種のほこらしさをもつて居りました。

なるほど、光太郎はこの少女を徹底的に美化して詩に結晶化させた。しかし、光太郎をして、そうさせるだけの要素をこの少女は持ち、二十代の半ばに至るまでそのイマージュを風化させなかった。妻であると同時に永遠の恋人でもあった智恵子とは基本的にその質を異にすることは言うまでもないが、しかし、この少女に対する光太郎の思い入れの強さは、智恵子に対するものとさして変わらない。「一緒にいて、ただ楽しい」という感覚は、光太郎と智恵子との間よりも、むしろ光太郎と明子との間に言えそうである。

嶋岡晨は『智恵子抄』の中の詩「僕等」を起点にして、その愛の構造について「渾沌たる愛の原初の地点に立ち返っているのは、光太郎の主観燃焼のなかのことだけであつて、『あなた』(＝智恵子)との同時的なエロスの燃焼のはてではない。『頑固な俗情』の側に立つていうなら、もし愛の絶対境を二人が共有し得ていたならば、一人だけ狂気におちいるという片手落ちがあってはなるまい。」(『高村光太郎』第三文明社・一一三〜一一四頁)とその一方的な愛の不自然さを指摘している。

しかし、光太郎とこの明子という少女との間に交わされた愛は、どこまで行っても淡い記憶の中に霞のように漂っているような印象を与える。そこには、少なくとも、少女が大人になっても光太郎と「共有し得る」世界があったのである。少女は大人びた言動をしようと少女であって、大人の女性ではない。ところが、明子は成人しても光太郎にとって少女であり続けた。そこに不自然さは全く存在しないのである。

祖父の歳にも当たる自分を自然に「おとうさん」と呼んでくれる少女を前にして、妻を狂わせ、死なせ、子もなかった光太郎は、この少女を心の隅で、支えと感じていたことが窺われる。明子も、智恵子に対しては、「私が女学校に入つて間もなく、奥様がお亡くなりになつて、…」と、智恵子のことを「おかあさん」とは言っていない。

もちろん、その頃は、智恵子は入院していて、家にいなかったために、そのような言い方ができる訳もないが、光太郎が理想として描いた愛すべき少女を、彼女は健気にも自分自身そうであるように振る舞える才能を持っていたのである。

「女医になつた私のどこかに、人間的深さが、広さがひそんでゐるとしましたなら、それはみんなおとうさんから知らず知らずの中に得た、たまものでございませう。」と自分の中の利点を、全て光太郎からの賜物であるように述べる。

戦争がそれ程烈しくならなかつた前、父や私の兄弟とあちこち旅行したのも、今は楽しい思い出の一つ。私が「遠くに見える山の頂に、若し人がたつて手を振つたら、このお部屋から見えますかしら」と言つて、

「君は山に登るといちばん高いところに立つて手をあげて、見えないものに向つて合図する」

と詩によまれましたのは、伊香保に参りましたときのことでせうか。この間、箱根に参りまして久し振りに山を眺めましたときも、そんな気がしておとうさんが「少女に」といふ題で、

「君の断髪は君のふりむくたびに、ちよつと君の額を払つてゆれる。君はうるさそうに頭を振る。君はそのとき錦鶏鳥のやうにたのしい」

とおつしやつた錦鶏鳥の時代が懐かしく思ひ出されました。

果しておとうさんがおつしやつたやうに、「足くびにまくれた靴下から花梗をぬいて百合科の花のやうに上に伸びて」参りましたでせうか。「君の唄は空気の温度を変へるし、君のだんまりには稲の葉の匂ひがする。君の泣くのも見たけれど、さういふ涙はわたしも欲しい。君のうしろにはいつも守護神がついてゐて君の眼からこつちを見てゐる」とおつしやつた守護神は今も私の後について居りますかしら。

いろく御心配いただいた東京女子医専の入学試験に合格いたしました時は非常に喜んでいたゞきまして、私も未来のキユリー夫人を夢みてひたすら医学の道にいそしみました。

この文を読むと、光太郎の一見観念的に見える少女をモチーフにした詩が、『智恵子抄』の詩編のように、日常の中で具体的な姿を持っていたことが分かる。ただ、智恵子がそうであったように、細田明子も、光太郎の中で昇華され、美化されたことは否めないであろう。

之から私がどの様な分野に進みましても、意地悪な姉娘にいじめられた時にはあの魔法使の様に、吹きすさぶ嵐の中で進む方向を見失つた時には大きな強い翼をもつた親鳥の様に、此の上ともよろしく御導き下さいますやう、人の世の不思議な理法を知るために、人の世の体温呼吸に触れる為に勉強を続けて行き度いと思つて居ります。

つまり、光太郎と細田明子が一対になりお互いが相乗的に軽妙で脱世俗的な雰囲気を醸し出しているのである。「あ・うん」の呼吸と言えるものがそこに存在している。光太郎が、詩に込めた少女のイマージュを過不足なく受け止めて彼女は返しているのである。「やつぱり小さなシンデレラの靴をはいて」という光太郎の詩の句を受けて「意地悪な姉娘にいじめられた時にはあの魔法使の様に」と、自分にメルヒェンの幻影を漂わせることも、光太郎が送ったキュリー夫人の本をもらったことを「私も未来のキユリー夫人を夢みてひたすら医学の道にいそしみました」という言葉で受けて、一つ一つ光太郎の発する問いを正確に受け止め、少女らしい愛らしさで返しているのである。

この細田明子の原稿は、雑誌に載る前に光太郎に送られたらしく次のような彼の書簡が遺っている。

おてがみよみました。「新女苑」の大本さんの依頼で書かれた原稿もよみました。小生に於いては少しも差支ありません。大変よく書けてゐると思ひました。よくあなたを材料にして詩を書いてすみませんが、不思議にあなたに詩を感ずるのですから已むを得ません。随分お忙しい事と思ひます。うまく調節しながら御精励なさい。

小生今夏は夏まけして時々熱を出しましたが今は恢復してゐます。菜園のトマト全盛です。皆さんによろしく、（昭和二四年八月二四日付の葉書）

ちなみに、『をぢさんの詩』に出てくる「少女に」は次のような作品である。

少女に

君の断髪《だんぱつ》は君のふりむくたびに
ちよつと君の頬を払つてゆれる。
君はうるささうに頭を振る。
君はその時錦鶏鳥《きんけいてう》のやうにたのしい。
君は短いスカートの下から

驚くほど発育《はついく》した脚を出す。
足くびにまくれた靴下から花梗《くわかう》をぬいて
君は百合科《ゆりくわ》の花のやうに上に伸びる。
君は汽車にのると窓から手を出す。
山に登るといちばん高いところに立つて、
手をあげて見えないものに合図《あひづ》する。
君の唄は空気の温度《をんど》を変へるし、
君のだんまりには稲の葉の匂がする。
君の泣くのも見たけれど、
さういふ涙はわたしも欲しい。
君のうしろにはいつでも守護神《しゆごじん》がついてゐて
君の眼からこつちを見てゐる。

この詩は一九四一年（昭和一六年）三月作で、同じ年の五月に『少女の友』に発表された。「少女に」は、少女の可憐さを謳ったものであるが、あくまでも「をぢさん」の眼で書かれている姿であるということが分かる。「君の断髪《だんぱつ》は君のふりむくたびに／ちよつと君の頬を払つてゆれる。

／君はうるささうに頭を振る。」とは日常ありふれた少女の姿ながら、詩人の眼の細やかさを感じる。「君はその時錦鶏鳥《きんけいてう》のやうにたのしい。」と続けて書きながら、その若さと清々しさと可憐な美とをまとった生きたモニュマンに対して「たのしい」と感じているのはむしろ詩人の方であろう。彫刻家でもある彼の眼は、少女の体軀を頭部から足先までさりげなく、しかも少女らしい本質を外さず観察する。「足くびにまくれた靴下から花梗《くわかう》をぬいて／君は百合科《ゆりくわ》の花のやうに上に伸びる。」といった表現は、その対象に神聖なるまでの深い思い入れがなくては書けるものではない。想像するに、純潔を守るため、アポロンの愛を拒否して月桂樹に身を変えた、ギリシャ神話に出てくるニンフ・ダフネを連想して書かれたものであろうが、月桂樹を使わず百合を以て少女を喩えたのは、地から真っ直ぐに伸びるその形状からさらに直情、真摯などの性向を連想させる。

尾崎喜八は、「手をあげて見えないものに合図する。」以下については、「作者は其処でしばらく思をひそめるべきでは無かつたらうか。」（『をぢさんの詩』研究」S19）と述べるが、最後の四行は作者の少女に対する豊かな思いが、自然に筆を運ばせてしまったのであろう。実際これがあるために、少女の描写はより強く客観性から抜け出て、作者の主観に変容される。そして、あくまでも少女の神聖は侵しがたい。例えば「山に登るといちばん高いところに立って、／手をあげて見えないものに合図《あひづ》する。」なども、そのさり気ない表現の一例で、合図するのは決して家族を含めた仲間に対してではなく、たぶん山嶺に下る神霊に対してであり、少女は神と交信するために山の一番高いところに立つのである。この行為が少女の背後にいる「守護神《しゅごじん》」を述べるに当たり伏線となっているのである。明子の━私が「遠くに見える山の頂に、若し人がたつて手を振つたら、このお部屋から見えますかしら」と言つて、「君は山に登るといちばん高いところに立つて手をあげて、見えないものに向つて合図する」と詩によまれましたのは、伊香保に参りましたときのことでせうか。━といった逸話があるにせよ、この詩から窺う限り、少女の姿は神秘のベールに包まれているのである。

この年の同月で、光太郎は五八才の年齢となるので、少女とは自分の娘を通り越して、孫に当たる世代にほぼ重なる。しかしながら、この詩の中で少女を讃える作者の眼はあまりにも若いのである。二十代前半程度の年齢の青年が兄らしい恋心を秘めた淡い思いを抱いて、年下の妹や、近所の少女をとらえているのと似ているし、恋文だと言ってもよいくらいである。

少女の思へる

今夜は少し風が出て冷えます。
今夜はさきほど録音放送で

病を押しての総理大臣の力強い
議会でなされた演説をききました。
きいてゐるうち涙が流れてきました。
わたくしはまだ女学校の生徒に過ぎず、
政治の事などよく分りませんが、
それでもこの日本に少女と生れた身が
今何を考へ何を為なければならないのか、
それが身にしみて分りました。
わたくし達民草の必ず為遂げねばならぬ
あのかがやかしい又重い任務に、
わたくしも亦小さなまごころをかけて
おほけなくも参加出来ることに泣きました。
わたくしはささやかな飲食店の娘ですが
今年は女学校を卒業します。
わたくしはもう迷ひません。
今の世に生れた身の生きがひが

どんなわたくしの行く道をも美しくします。

この作品は一九四三年（昭和一八年）一月に制作され、『日本少女』に発表された。ここでは、作者は少女の眼で以て世情を見つめる。そして、光太郎自身の一途さは、少女を媒介にして最もよく表現されるのである。

戦争中の彼の詩の中で、誠心誠意の恋闕《れんけつ》の狂おしさは、少女の真心を通して最もよく表現されているように映る。

「政治の事などよく分りませんが、／それでもこの日本に少女と生れた身が／今何を考へ何を為なければならないのか、／それが身にしみて分りました。」と書かれる時に、光太郎自身が、「政治のことはよく分からぬ微弱な存在ながら、今何を考へ何を為なければならないのか、それが身にしみてよく分かった。」と思っていたことを示しているであろう。また、「わたくし達民草の必ず為遂げねばならぬ／あのかがやかしい又重い任務に、／わたくしも亦小さなまごころをかけて／おほけなくも参加出来ることに泣きました。」と書かれる時、必ずそこには詩人の醜の御楯とならんとする決意と、その務めに挺身できることへの感泣が伴っていたはずである。

光太郎が、智恵子を自分の生活の中に受け入れようとした時、智恵子は実際の彼女自身の存在そのものから、彼自身によって変貌して解釈され、狂気の醜態の様をも極限にまで美化され続けたのであり、実際に一人の眼前の少女をモデルにこの詩を描いたとしても、その少女がどう思っているかということは本質的な問題ではなく、また当時の一般的な少女がどのような価値観を抱いて時世に投じていったかということも基本的には問題ではなかったのかも知れない。ただ、明子は、光太郎にとって、純真で可憐で、周りを明るくする魔術を持った妖精であり、光太郎の至誠の想いの具象化された存在であったのである。

「少女に」、「少女の思へる」の二詩と戦時中にかかれた他の少女をモチーフにした詩を比較すれば、全てが共通した少女を描いていることが分かる。間違いなく、細田明子を描いているのである。

光太郎は死ぬまでこの女性に、自分の理想化された女性像（少女像）を結びつけていたに違いない。

※北川太一氏の仲立ちにより、平成一二年二月に関川明子（旧姓細田）さんと対談することができ、その内容は「高村光太郎研究会」の研究誌『高村光太郎研究』（二四）に掲載させて頂いた。この対談により、「山の少女」という同じく隠棲時代の詩も、彼女をモチーフにしていることを確信できた。彼女は、光太郎にとって、智恵子と同様大きな存在なのである。

終わりに

すでに述べてきたように、高村光太郎の詩には小学校時代から親しみ、共感するところがあった。中学、高校と進むにつれて、詩だけでなく、彼の生き方を知って、さらに知りたいと思うことがあった。しかし、『道程』や『智恵子抄』を手に取りはしなかった。私は、俗に言う文学少年ではなく、その頃の関心は、もっぱら、歴史にあったのである。

しかし、大学時代に、吉本隆明の『高村光太郎』を読んで大きな衝撃を受けた。その時の気持は今も鮮明に残っている。一人の人間の人生に、深く立ち入り、心理の深層にまで分け入って明らかにしていくその手法、そしてその鋭利さに茫然とする想いであった。

三十代の後半に、職場から派遣されて、兵庫教育大学の大学院で高村光太郎に初めて正面から向かい合うことになった。二十代の頃に鳥取市の古書店で『高村光太郎全集』を手に入れてから、十年の年月がたっていた。

大学院修了後、「高村光太郎研究会」に入会させてもらい、以後二年に一度のゆっくりとしたペースで誌上発表を続けている。内容は、修士論文では充分論究できなかった、戦争期の光太郎の去就とその作品を論じていくというものであった。私の研究の中心となってきたのが、戦争と関わった高村光太郎の身の振り方、具体的には彼がどういうことを世に呼びかけ、詩作をし、発表していったかということである。そこには、皇室や日本を想う熱烈な思いが充溢している。そして、彼の詩の題名にもあるように「正直一途」そのものだったのである。

光太郎は、その間、一庶民として全力を尽して生きていた。「天子様がいらっしゃるうちは、疎開しない」と言い張り、結局彼の洋館のアトリエは東京大空襲の際に、彼の彫刻作品を含めた多くの思い出の品とともに焼失した。その後、親交の深かった賢治との縁で、岩手の宮沢家に招かれて、再び空襲による罹災、その後、自己の戦争責任を内省し、約七年間、病を抱えながら、花巻の奥、太田村山口の不自由な山小屋で過ごした。

光太郎の人生と詩を中心とした作品を見ていく中で、私が思ったのは、戦争期の光太郎の詩を、文学作品としてだけではなく、日本近現代史の中で位置づけたいということであった。彼が、どのように情況をその都度把握したのか、それが正しかったのか、あるいは齟齬《そご》を生じているのかということを、広い視野から見ていきたいということであった。それは、戦争期の光太郎を、他の詩人や文学者が、自らも戦争を礼讃する作品を書きながら、自身のことを棚に上げて光太郎を批判したことに対してアンチテーゼを掲げるという吉本隆明のような、大衆そのものに立脚し、あくまでも戦後を肯定するというスタンスとも違っていた。大東亜戦争（太平洋戦争）は、世界で、アジアで、国内で、どのように捉えられてきて、そしてどのように捉えられるべきなのかということを検証しながら、光太郎と光太郎の作品を見ていくというものであった。

研究を進める中で、動物をモチーフにして人間社会の偽善を暴き、高らかで挑戦的なヒューマニズムを打ち出した「猛獣編」の光太郎とは、全く矛盾しないということ、そして戦時中の光太郎の歴史的・国家的認識こそむしろ正しく、敗戦後の認識こそ、謬っていたのではないかと思うようになった。むろん、相対的に考えればそうではないかということであって、絶対的な結論ではない。

高村光太郎の研究者の中では、彼の生き方や詩を愛する一方で、戦争期の光太郎を批判することが今ではほぼ定着しているように思う。しかし、自分の祖国が、危機に瀕して、全国民が一丸となって立ち向かっている時に、背を向けるような行為をすることが賢明だったのであろうか。私にはそうとは思えない。私が言うのは「戦争は悪いものだから、戦争に反対する言論に立つ」というような単純な構図では測れないものがあるということである。戦争の原因と実態、その場に置かれた者の立場や気持をくんで、公平に判断すべきだということである。

高村光太郎は、今でも、偉大な日本近代の詩人であり、今後もその詩は多くの人々に膾炙《かいしゃ》されていくであろう。しかし、本当の意味でそうなるためには、戦争期の彼をも公平な気持で見て、『道程』や『智恵子抄』とともに、戦時中の詩集『大いなる日に』、『をぢさんの詩』、『記録』を議論するようにならねばならないと考える。

このたびこの書籍の上梓がハート出版からしてもらえるということに決まってから、知人から同社の『竹林はるか遠く』を送られて読むことがあった。これは、朝鮮半島北部の羅南から、敗戦時に祖国日本を目指して母と姉と一緒に引き揚げていった一一才の少女の実話である。一九八六年（昭和六一年）に、アメリカで刊行され、大きな反響を呼んだ本であるが、二〇一三年（平成二五年）となってようやく日本で刊行された。そこまで、日本での刊行が引き延ばされたのは、韓国また韓国系の人々が、捏造された話であるとして抗議行動に出たことが挙げられる。韓国人の蛮行が描かれている偏向書だというのだが、日本兵のことが全て好意的に書かれているわけでもなく、自分の兄を救い家族のようにして匿った韓国の家族のことも出てくる公平な内容の本なのである。これは、日本人を善として韓国人を悪とするような話ではない。戦争の悪を体験から赤裸々に描き出した作品なのである。そして、戦争について深く考えさせられる反戦平和の良き教材でもある。

私も、この本を、反戦平和の本として書いた。決して戦争を賛美するものではない。ただ、私は、十五年戦争・大東亜戦争（太平洋戦争）において、日本が悪であり、連合国は善であり、中国やアジア諸国は被害者だというような型にはめて考えること自体に無理があると思っている。また、平和な時代の中にいる我々が、死と隣り合わせの激動の時代に身を置いた人々を断罪できるものではないと思っている。神風特別攻撃隊や人間魚雷回天で散華した若者を、我々が嘲笑することが赦されるのであろうか。その時代その時代ごとに懸命に生きた人々がおり、自分がその時その場にいたとしたらどうしたかと考えるときに、自ずから歴史というものの理解が可能になるのではなかろうか。

そういう視点で考える時に、高村光太郎の戦時中の生き方は、基本的に間違ってはいないと考える。戦後の「暗愚小伝」の詩群を見ると、いかに彼が苦悶していたか伝わってくる。しかし、最終的にそういう選択をするしかなかったし、そうすることがその時には正しかったのである。

大学院時代は、井伏鱒二の研究者である指導教官の前田貞昭先生から書誌的な研究の方法を含めいろいろと教えて頂いた。思想的には私とは異なる師ではあるが、今でも研究その他のことで相談に乗って頂いている。同じ研究室の同期で、菊池寛の研究をしていた大西浩史君ともいろいろとやりとりしたのがついこの間のような気がする。

高村光太郎研究会では、『高村光太郎全集』の編纂者である北川太一先生に、いろいろと親切に教えを乞うことがあった。関川明子さんのことを尋ねると、すぐに関川さんの住所を知らせて頂いた。その時の嬉しかった気持ちを今でも忘れない。また「高村光太郎研究会」の代表野末明氏や他の多くの会員の方々、諸先生や友人や家族に励まされ、教えられて今に至っている。

出版に当たっては、私の原稿を認めて下さったハート出版の藤川進氏を始め多くの方々に、様々な面でお世話になりました。高校の後輩に当たる山形高命君や私の主宰する山陰歴史文学研究会の会員を中心に校正を一緒にしてもらい感謝しています。皆様の協力によってこの書籍を出版できました。一人一人御名前を上げることはできませんが、ここに改めて御礼を申し上げます。

末尾ではあるが、ここ数年体調を崩して仕事も休みがちな私を支え、歴史や文学に関する質問をすれば、いつも即座に的確な答えを返してくれる妻の陰なる協力があったことも、ここに合わせて記しておきたい。

（平成二十六年吉日）

《主要参考文献》

高村光太郎についての参考文献は多く、よくまとまっているものとしては、請川利夫・野末明『高村光太郎のパリ・ロンドン』（新典社・平成五）の中の野末明編「高村光太郎文献目録」があり、現在高村光太郎研究会編『高村光太郎研究』に継続して載せてある。ここでは、特にこの書籍を書くのに参考とした資料を基本として列記する。また、光太郎とは別に大東亜戦争（太平洋戦争）等歴史に関する資料で使用したものもあげておきたい。なお出版年は、目を通した版のものである。出版年は奥付に書かれている西暦・元号はそのままにして統一しなかった。

「論文・新聞記事等」については、文中引用したものを基準に記した。『資料』は『高村光太郎資料』を意味する。

全集作品集等―著作基礎テキスト―

・編集委員会編『高村光太郎全集』全十八巻　筑摩書房　昭和五一

※特に光太郎の詩については、平成に編まれた増補版の全集も参考にした。

・北川太一編『高村光太郎資料』第一集～六集　文治堂書店　昭和四七～五二

・吉本隆明・北川太一編『高村光太郎選集』全六巻　中央公論社　昭和四一～四八

・北川太一編『高村光太郎全詩集』筑摩書房　昭和五七
・北川太一編『高村光太郎全詩稿』二玄社　昭和四二
・高村光太郎『をぢさんの詩』武蔵書房　昭和一八
・堀津省二編北川太一補注『資料高村光太郎の読書―少年期・美術学校時代―』北斗会　平成四
・北川太一・山田清吉編『光太郎と葉舟』文治堂書店　平成元
・奥平英雄・北川太一編『改訂新版・高村光太郎 書』二玄社　一九八二
・北川太一編『人物書誌大系8 高村光太郎』日外アソシエーツ　一九八四

評伝・研究・回想・アルバム等

・高村光雲『幕末維新懐古談』岩波書店　一九九五
・高村豊周『定本光太郎回想』有信堂　昭和四七
・北川太一『高村光太郎』アムリタ書房　昭和五八
・北川太一編『詩稿「暗愚小伝」高村光太郎』二玄社　二〇〇六
・北川太一『高村光太郎ノート』北斗会　一九九一
・北川太一『智恵子相聞―生涯と紙絵―』蒼史会　二〇〇四
・吉本隆明『吉本隆明全集8 高村光太郎』勁草書房　昭和五二

※文中では『高村光太郎』とのみ書名を記した。

・町沢静夫『パトグラフィ双書　高村光太郎―芸術と病理―』金剛出版　昭和五四
・松島光秋『高村智恵子―その若き日―』永田書房　昭和五二
・駒尺喜美『高村光太郎のフェミニズム』朝日新聞社　一九九二
　（『高村光太郎』講談社現代新書S55の文庫書籍化したもの）
・伊藤信吉『高村光太郎研究』思潮社　一九六六
・草野心平『高村光太郎研究』筑摩書房　昭和三四
・草野心平編『高村光太郎と智恵子』筑摩書房　昭和三四
・佐藤隆房『高村光太郎山居七年』筑摩書房　平成三
・首藤基澄『高村光太郎』神無書房　昭和四一
・伊藤信吉『高村光太郎―その詩と生涯―』新潮社　昭和三三
・大島徳丸『茂吉・光太郎の戦後』清水弘文堂　昭和五四
・奥平英雄『晩年の高村光太郎』瑠璃書房　昭和五一
・角田敏郎『高村光太郎研究』有精堂　昭和五二
・請川利夫『高村光太郎論』教育出版センター　昭和四四
・請川利夫『高村光太郎の世界』新典社　一九九〇

・請川利夫・野末明『高村光太郎のパリ・ロンドン』新典社　一九九三
・吉田精一編著『高村光太郎の人間と芸術』教育出版センター　昭和四七
・佐藤隆房『高村光太郎　山居七年』筑摩書房　平成三
・嶋岡晨『高村光太郎』第三文明社　一九七六
・福田清人編／堀江信男著『高村光太郎』清水書院　一九九四
・郷原宏『詩人の妻』未来社　平成五
・井田康子『高村光太郎の生』教育出版センター　平成五
・佐々木隆嘉子『ふるさとの智恵子』桜楓社　昭和五三
・岡庭昇『光太郎と朔太郎』講談社　昭和五五
・平居高志『「高村光太郎」という生き方』三一書房　二〇〇七
・小山弘明『巨星　高村光太郎』秋桜社　一九九九
・大島龍彦／大島裕子編著『『智恵子抄』の世界』新典社　二〇〇四
・高木馨『高村光太郎　考　ぼろぼろな駝鳥』文治堂　二〇一一
・岡田年正『高村光太郎における少女』米子プリント社　平成一一
・小林節夫『農への銀河鉄道―いま地人・宮沢賢治を―』本の泉社　二〇〇六
・北川太一編『新潮日本文学アルバム８　高村光太郎』新潮社　昭和五九

・北川太一・高村規・津村節子・藤島宇内『光太郎と智恵子』新潮社　一九九五

○

・吉本隆明・武井昭夫『文学者の戦争責任』淡路書房　一九五六
・櫻本富雄『空白と責任・戦時下の詩人たち』未来社　一九八三
・吉野孝雄『文学報国会の時代』河出書房新社　二〇〇八
・三好行雄『近代の抒情』塙書房　一九九〇
・坪田譲治編『児童文学入門』牧書店　昭和四四
・彌吉管一、畑島善久生編者『少年詩の歩み』・『少年誌の歩み』Ⅱ・教育出版センター　一九九四・一九九六
・萩原朔太郎『詩の原理』新潮文庫　昭和五七
・高崎隆治『「一億特攻」を煽った雑誌たち』第三文明社　一九八四
・小堀桂一郎編『東京裁判日本の弁明』講談社　一九九五
・陳潔如著／加藤正敏訳『蒋介石に棄てられた女』草思社　一九九六
・馮玉祥著／牧田英二訳『我が義弟蒋介石』長崎出版　一九七六
・白井勝己編『蒋介石秘録』一～一五巻　サンケイ新聞社　昭和五〇～五二
・蔡焜燦『台湾人と日本精神』小学館　二〇〇一

・楊威理『ある台湾知識人の悲劇』岩波書店　一九九三
・角間隆『李登輝 新台湾人の誕生』小学館　二〇〇〇
・保阪正康『蔣介石』文芸春秋　平成一一
・伊藤潔『台湾』中央公論新社　二〇〇五
・柳本通彦『台湾革命』集英社　二〇〇〇
・姫田光義・阿部治平・石井明・岡部牧夫・久保亨・中野達・前田利昭・丸山伸郎『中国二〇世紀史』東京大学出版会　一九九四
・臼井勝美『日中戦争』中央公論社　昭和五七
・ダライ・ラマ著／山際素男訳『ダライ・ラマ自伝』文芸春秋　一九九二
・R・F・ジョンストン著／中山理訳／渡部昇一監修『紫禁城の黄昏』（上）（下）詳伝社　平成一八・平成一七
・吉本隆明『吉本隆明全著作集（続）』10巻・勁草書房　昭和五三
・渡辺龍策『馬賊』中央公論社　昭和五一
・金子武蔵訳『ヘーゲル政治論文集』（上）岩波書店　一九七九
・高橋史朗『検証・戦後教育』広池出版　平成七
・江藤淳『忘れたことと忘れさせられたこと』文芸春秋　昭和五四

・江藤淳『占領史録』（上）（下）講談社　一九九五
・江藤淳『落葉の掃き寄せ　一九四六年憲法―その拘束』文藝春秋　平成五
・横手一彦『被占領下の文学に関する基礎的研究・論考編』武蔵野書房　一九九六
・横手一彦『被占領下の文学に関する基礎的研究・資料編』武蔵野書房　一九九五
・朝日新聞百年史編集委員会『朝日新聞社史・大正昭和戦前編』朝日新聞社　一九九一
・朝日新聞百年史編集委員会『朝日新聞社史・昭和戦後編』朝日新聞社　一九九七
・竹内好『近代の超克』筑摩書房　一九八五
・林房雄『大東亜戦争肯定論』番町書房　昭和三四
・『木戸幸一日記』下巻・東京大学出版会　二〇〇四
・東京裁判研究会『共同研究パル判決書』（上）（下）講談社　一九九五・一九九四
・梅原猛『日本の深層―縄文・蝦夷文化を探る―』集英社　一九九四
・『草野心平全集』第一巻　筑摩書房　一九七八
・『武者小路実篤全集』一一巻　小学館　一九八九
・『堀内大学全集』九巻　小沢書店　昭和六二
・『北原白秋全集』27巻　岩波書店　一九八七
・児島襄『太平洋戦争』（上）（下）中央公論社　昭和五七・昭和五四

・鹿島茂『吉本隆明1968』平凡社　二〇〇九
・深田祐介『大東亜会議の真実』PHP研究所　二〇〇五
・クラウゼヴィッツ著／淡徳三郎訳『戦争論』徳間書店　一九八四
・坪井秀人『戦争の記憶をさかのぼる』ちくま新書　二〇〇五
・バー・モウ著／横堀洋一訳『ビルマの夜明け』太陽出版　一九九五
・ボ・ミンガウン著／田辺寿夫訳編『アウンサン将軍と三十人の志士』中央公論社　一九九〇
・ジョイス・C・レブラ著／村田克己、近藤正臣、エディ・ヘルマワン、林理介訳『東南アジアの解放と日本の遺産』秀英書房　一九八一
・アレクサンダー・ヴェルト『インド独立にかけたチャンドラ・ボースの生涯』新樹社　昭和四六
・黄文雄『捏造された日本史』日本文芸社　平成一三
・名越二荒之助編『世界から見た大東亜戦争』展転社　平成九
・曽村保信『地政学入門』中央公論新社　二〇〇九
・森本忠夫『特攻』光人社　一九九八
・猪口力平・中島正『神風特別攻撃隊の記録』雪華社　昭和五九
・『沖縄決戦』学習研究社　二〇〇五

・外間守善『沖縄の歴史と文化』中央公論新社　二〇〇七
・小松茂朗『沖縄に死す』光人社　二〇〇一
・秦郁彦『現代詩の争点』文芸春秋　二〇〇一
・ハインリッヒ・シュネー・金森誠也訳『「満州国」見聞記』講談社　二〇〇二
・田中正明『アジア独立への道』展転社　平成七
・田中正明『南京事件の総括』謙光社　平成三
・田中正明『パール博士の日本無罪論』慧文社　昭和六二
・加藤友康・瀬野精一郎・鳥海靖・丸山雍成編『日本史総合年表』吉川弘文館　二〇〇一

論集・研究誌・雑誌

・『臨時増刊・文芸・高村光太郎読本』河出書房　昭和三一・六
・『ユリイカ詩と批評7高村光太郎』青土社　一九七二
・高村光太郎研究会編『高村光太郎研究』(二〇)～(三五)高村光太郎研究会　平成一一～
平成二六
・『臨時増刊・文芸・高村光太郎読本』河出書房　昭和三一・六
・『復刻版・文芸時標―一九四六一一月～一一月―』不二出版　一九八六

・『文芸読本 高村光太郎』河出書房新社　昭和五四
・『国文学解釈と観賞 高村光太郎―その精神の核―』至文堂　一九七六・五
・『国文学解釈と観賞 特集高村光太郎』至文堂　一九八四・七
・『国文学解釈と観賞 特集高村光太郎の世界』至文堂　一九九八・九
・『国文学解釈と教材の研究　萩原朔太郎と高村光太郎』學燈社　昭和四八・一一
・『現代詩読本　高村光太郎』思潮社　一九八五

論文・新聞記事等

・角田敏郎「戦中の『少年詩』―高村光太郎『をぢさんの詩』について」（『学大国文』20　昭和五二）
・小田切秀雄「高村光太郎の戦争責任」／『文学時標』昭和二一・一（『資料』六）
・小田切秀雄「日本近代文学の古典期」／『現代文学』昭和一六・一〇（『資料』五）
・平川祐弘「高村光太郎と西洋」（初出は平成元年十一月発刊『新潮』一二月号、平川祐弘『米国大統領の手紙』新潮社・一九九六に収録）
・"Education in Japan"一八七三（大久保利謙編『森有礼全集』三巻・宣文堂書店　昭和四七）
・竹長吉正「高村光太郎に於ける戦争」（『修羅』第11号　一九七七・五）

・都築久義「戦時下の光太郎」（『国文学解釈と鑑賞・特集＝高村光太郎』至文堂　一九八四・七）
・高見順「典型的明治人」（『臨時増刊文芸高村光太郎読本』河出書房・昭和三一・六）
・壺井繁治「高村光太郎」／『文芸春秋』昭和21・4（『資料』六）
・壺井繁治「高村光太郎―『暗愚小伝』を中心として」一九四八・一（『文芸読本　高村光太郎』河出書房　昭和五四）
・秋山清「高村光太郎の〝暗愚〟について」／『コスモス』昭和二二・一二（『資料』六）
・小森盛「壺井氏の論難―戦時中の高村さんに就て」／『野生』昭和二三・六（『資料』六）
・尾崎喜八「『をぢさんの詩』研究」／『詩研究』昭和一九・九（『資料』五）
・五十嵐康夫「『をぢさんの詩』」（『国文学解釈と鑑賞　特集高村光太郎の世界』至文堂　一九九八・九）
・岡田年正「帝国憲法と森有礼」（日本歴史学会編『日本歴史』五七五号・吉川弘文館　一九九六）
・『朝日新聞』昭和十八年六月二十日朝刊一面
・『毎日新聞』昭和十八年十一月十九日朝刊一面
※『朝日新聞』昭和十八年十一月十九日朝刊二面にもこれに関連する記事が見える。
・倉橋弥一「東亜指導理念の詩人高村光太郎」（国民新聞」昭和一六年三月二五日～四月一日『高村光太郎資料』第五集）
・岡庭昇「人と作品」（『高村光太郎』ほるぷ出版　昭和五二）

・細田明子「高村光太郎先生へ」／『新女苑』昭和二四・一〇（『資料』六）
・岡田年正「『をぢさんの詩』について」（高村光太郎研究会編『高村光太郎研究』二三号・二〇〇二）
・岡田年正「関川明子さんのこと」（同右・二四号・二〇〇三）
・岡田年正「高村光太郎の戦争責任をめぐって」①（同右・二六号・二〇〇五）
・岡田年正「高村光太郎の戦争責任をめぐって」②（同右・二八号・二〇〇七）
・岡田年正「高村光太郎の戦争責任をめぐって」③（同右・三〇号・二〇〇九）
・岡田年正「『をぢさんの詩』について」②（同右・三二号・二〇一一）
・岡田年正「『をぢさんの詩』について」③（同右・三四号・二〇一三）

岡田年正（おかだ　としまさ）

昭和34年、鳥取県に生まれる。

京都産業大学中退、山口大学教育学部卒業。岡山大学大学院、早稲田大学大学院修士課程中退後、公立学校教諭を務めながら仏教大学、東洋大学、日本大学の通信教育で学び、兵庫教育大学大学院修士課程言語系コース修了。修士論文は「高村光太郎における少女」。

現在、高村光太郎研究会会員。伯耆文化研究会会員。山陰歴史文学研究会主宰。


―誰も書かなかった日本近代史―

大東亜戦争と高村光太郎

平成26年7月26日　　第1刷発行

著　者　岡田　年正
発行者　日高　裕明
発行　株式会社ハート出版
〒171-0014 東京都豊島区池袋3-9-23
TEL.03-3590-6077 FAX.03-3590-6078

ハート出版ホームページ http://www.810.co.jp
ISBN978-4-89295-983-7 編集担当／藤川　　印刷・大日本印刷

乱丁、落丁はお取り替えいたします

世界が語る大東亜戦争と東京裁判

アジア・西欧諸国の指導者・識者たちの名言集

東條英機元首相の孫娘、東條由布子氏推薦。
今こそ、日本人の誇りと自信を取り戻すために。

吉本貞昭 著　〈日本図書館協会選定図書〉
ISBN978-4-89295-910-3　本体 1600 円

世界が語る神風特別攻撃隊

カミカゼはなぜ世界で尊敬されるのか

シリーズ第二弾。戦後封印された「カミカゼ」の真実を解き明かし、世界に誇る「特攻」の真の意味を問う。

吉本貞昭 著
ISBN978-4-89295-911-0　本体 1600 円

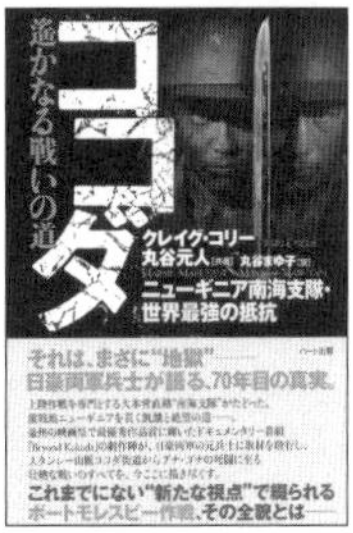

ココダ　遥かなる戦いの道

ニューギニア南海支隊・世界最強の抵抗

豪州映画祭で最優秀賞に輝いたドキュメンタリーの制作陣が描く、ポートモレスビー作戦の激闘。

クレイグ・コリー／丸谷元人 共著　丸谷まゆ子 訳
ISBN978-4-89295-907-3　本体 3200 円

特攻　空母バンカーヒルと二人のカミカゼ

米軍兵士が見た沖縄特攻戦の真実

日米双方の当事者に対する徹底した取材をもとにケネディ元大統領の甥が描く、神風特攻隊の真実。

マクスウェル・テイラー・ケネディ 著　中村有以 訳
ISBN978-4-89295-651-5　本体 3800 円

竹林はるか遠く

日本人少女ヨーコの戦争体験記

ヨーコ・カワシマ・ワトキンズ 著＆監訳　都竹恵子 訳
ISBN978-4-89295-921-9　本体 1500 円

忘却のための記録

1945－46 恐怖の朝鮮半島

清水徹 著
ISBN978-4-89295-970-7　本体 1600 円

硫黄島《いおうとう》 日本人捕虜の見たアメリカ

〈アフター・イオウジマ〉の長い旅

K・マイク・マスヤマ 著
ISBN978-4-89295-588-4　本体 1600 円

日本とアジアの大東亜戦争

侵略の世界史を変えた大東亜戦争の真実

吉本貞昭 著　〈児童書〉
ISBN978-4-89295-965-3　本体 1400 円

世界が語る零戦

「侵略の世界史」を転換させた零戦の真実

吉本貞昭 著
ISBN978-4-89295-967-7　本体 1800 円

東京裁判を批判したマッカーサー元帥の謎と真実

GHQの検閲下で報じられた「東京裁判は誤り」の真相

吉本貞昭 著
ISBN978-4-89295-911-0　本体 1600 円